# Alexander Rudolfi
# *hyperlinklabyrinthe*



*parasitenpresse*

*für M.*

Eine Grenze zu überschreiten ist immer
ein wenig aufregend.

*Träume von Räumen*
*Georges Perec*

# <1>

grow let it grow in our still life scape
take what it needs to fullfill

*still life*
*Easter*

so war es damals einmal:
mit langeweile liegen wir unter den bäumen und sehen nach oben in die besseren wörter; sehen blatt für blatt flackern, sehen himmel und wolken dahinter, das weiß der hasen, das schwarz der raben, wie in büchern und geschichten aus bildern aneinandergereiht und geflochten, gänseblümchen an gänseblümchen, von einer weitläufigen vielbewachsenen wiese gepflückt und zu kränzen gebunden.
man kann sich hier umsehen und über sie laufen, vom einen zum anderen ende, oder ganz durcheinander; man kann kränze aus erinnerungen binden und flechten wie man will; oder kann nicht anders als man kann, ob man will oder nicht. haben wir erst einmal den zugang gefunden, hinter unseren geschlossenen augen die felder, die stimmen, die aufragenden kräne, die fassaden fallen vom baum, aus, in unsere augen und das, was am ende davon in uns zurückbleibt.

tropfen fällen neonfragen vom leuchtschild im tal, wenn der wind, den wir bohème nennen, uns hier immer wieder begegnet.
wir haben alle unseren ein und ausgang dort, wo eine mundbüschung sich öffnet und rot der bachschaum einer künftigen sprache uns vom gipfel herabfließt, die triangularen schenkel, zum fuße der nahegelegenen stadt minos, eleonorenhain, klaffer; #liquidation, wo sich die leuchtenden tankstellen befinden und die wirtsstuben unserer gefühle von zugehörigkeit ;zu öffnungszeiten, oktanzahlen, alkoholgehältern; in die wir gingen, um limonaden zu kaufen; sie haben sich so fürsorglich um uns gekümmert, um uns in sich zu versammeln vereinen verneinen wir toxic caretaking...
das neontropfen im tal fällt wind sie vom leuchtschild und hört das wiegen der bäume hier oben im bohème die frage stellen wo etwas anfängt oder aufhört, oder was die grenze markiert ;wenn wir entstehen; bis hinter die synthetischen kleider ;greifen; letzte wiesen mit blutleeren fingern streicheln, wo sich bäume aufstellen, flaumhaarige hügelhaut entlang, nacken und rückgrat hinab einen schwarzen berg schauern zum see.
ein zärtlicher atem gebiert uns durch morsche zahnfelder, wie durch skylines ein lied singt aus sprache ;grau an grau über grün und granit; das über einer art kreuzung verhallt, hinein weiß auf weiß in die felder:

. wir haben die umhäuser im blick, wir sehen, dass ihnen der putz bröckelt und sich die ställe mit beharrlichkeit leeren, die schwimmbäder das chlorwasser ausgießen, die güllegruben ihr schwarzes geschwall; und wir sehen alles ins stumme dösen der flirrenden fenster münden am abend und neontropfen ach! fällen fragen zwischen die flurphrasen aus tradition und moderne, über die wir ausgehen, ausgehen, die teerstraßen entlang, die hier alles verbinden, kein ende haben und vielleicht keinen anfang.

so ist es jetzt:
haben wir einmal beschlossen, dem rat der besseren wörter nicht mehr zu folgen, betreten wir die straßen der hyperlinklogik unserer unwillkürlichen assoziationen, die in gegenden gehen, wo kreuzungen nicht nur nach links oder rechts führen und die himmelsrichtungen sich nicht mehr um ihre anziehung kümmern; wir stehen auf, heben die schritte und manchmal hören wir noch aus lautsprechern, was kompasse und ihre schwindelerregungen uns sagen, in die eine oder andere richtung.
vielleicht ist es mit unserer neugier im tal immer genau so wie mit den besseren wörtern, die wie wurzeln und gullideckel mit den kaninchen leicht gefährtenschaft schließen, die baue schaffen, wurzelwerke, tunnelsysteme graben wege ins erdreich; so errichten häuser wir häuser, wie zimmer in zimmern, und flure wie straßen, wenn sich unsere schritte von hier entfernen, wo alles sicher war, dem neon entgegen und die sandwege entlang, weg, von den fragilen baumgleichgewichten, unter denen wir lange lagen, ohne gestört worden zu sein; und fragen wie klein oder groß muss man werden, um einen zugang zu erreichen, der uns hinaus führt; wo andere wege, die vielleicht irrwege sind, immer nur die besseren wörter beleuchten und immer schon beleuchtet haben; neonrauschen, rot weiß blau bis zur unkenntlichkeit. kornähren sich bewegen im wind.
jetzt hinter uns.
noch fallen wir nicht, bis jetzt sind wir nur weitergelaufen.

wir haben die auflösung der grenze erlebt, die eine physische war und jetzt eine geistige ist, sagen uns die besseren wörter, und folgen dem weißen fell der felder in die hyperlinklabyrinthe unserer erinnerung. wir laufen hinterher, wir laufen und laufen an den dingen entlang, die in uns einfließen, in uns zerfließen, wenn der wind den wir bohème nennen, eine andere richtung einschlägt, immer eine andere richtung, sobald wir danach greifen; und es entwischt uns wie an den morgen, durch deren vorabende wir in nichts hineingelaufen sind, als das rauschen der weitläufigen landschaften, die wir schon kannten. wir laufen entlang des weißen fells der felder, das rot unseren blick zieht, das nie still steht und immer zu spät kommt und das uns auffordert weiterzugehen, ohne dass wir verstanden haben wohin. und wir laufen. wir laufen und sind immer gelaufen aus neugier, was es uns zeigen will, in den niederungen und schluchten, aus deren ungleichgewichten heraus der wind uns über den kamm schert weil wir selbst noch an eine provinz glauben die behauptet, etwas könnte stillstehen, feststehen, enden; und damit ganz sein.
wir laufen und laufen unter dem baumwollzucker verklärender wolken in unserer vorstellung bis zu den neonlichtern, die einen neuen vorabend ankündigen, in dem das weiße fell der felder schmilzt, irgendwo am rand der landschaft, von der wir uns gern sagen, es sei die unsre. wir haben die auflösung der grenzen erlebt, sagen die besseren wörter, die eine physische war und jetzt eine geistige ist.

wir begegnen dem neonleuchten hier im bohème, der uns fragt: wo hört etwas auf, wo fängt etwas an; wo, wenn die haut der worte nicht das ende der dinge markiert und das rauschen, das wir bohème nennen, die wälder unserer kindheit entwurzelt.

wir ignorieren die warnungen der schilder, die darauf noch eine antwort haben und blinzeln in die neonlichter, weil sie das versprechen der bohème: uns neu zu erfinden, mit sich führen wie seltene salze, wenn wir endlich diese orte verlassen; aber noch liegen wir unter den bäumen und die besseren wörter hineinflackern vorstellungen von städten in uns, die weg! sagen: von allem bekannten.

irgendwo lauert, fürchten wir, das lange zögern und zucken und das stolpern über die stromschwellen der machbarkeit, sagbarkeit und dem, was sich langsam und schneidend als scham wiegt, in den weitläufigen wiesen, bis zum lichtrand, der die bedingungen kennt ;sie kennen muss; um künstliche, leuchtende katodenträume hinter die augen zu zünden ;sie kennen muss.

rot leuchten geflechte, rot zwischen glas und glas führen uns die salzwege an die frage nach der grenze dessen, was man ändern kann und was nicht, und darüber hinaus, bis das neon der schilder sich in der scham wiegt, ob es nicht schon zu spät ist zu leuchten: in den schimmernden schlechteren wörtern einer gespaltenen zunge, die am retroglamour eines windes zu lecken versucht, den wir bohème nennen.

und wir hören den turm am kamm sagen, es lässt sich nicht ändern, dass die ionen sich von den anoden lösen wenn genug spannung vorhanden ist gehen und gehen wir mit ihnen die goldenen wege entlang, die seltene salze führen zum leuchten und treten beim auftreffen auf die katoden aus den leuchtmitteln heraus, wie wir und die frage nach der grenze, der wir hier immer wieder begegnen, im versuch eine neue sprache für etwas zu finden, das bereits hinter uns liegt.

gegangen zeigt das wort Damals uns an, dass entlang der grenze die häuser uns nur noch verfallenes sagen; wege zwischen den wäldern und hügeln.
wir sind hier schon eine ganz lange zeit nicht mehr vorhanden; der bewegungen wegen: in eine andere richtung, eine andere richtung, immer eine andere richtung, eine andere, bis wir die orientierung verlieren; bis das gefühl, uns auf den vorliegenden feldern der grenzen zu verlaufen, sich etabliert und etwas errichtet hat, das sich beschreiben lässt - und zwar so: wir gehen auf der einen seite in die sprache hinein, gehen vier mal nach links, drei mal nach rechts und einmal nach links, und stehen wortlos und schweigend an der selben stelle, obwohl der ausgang ein ganz anderer war. oder #hyperlinkage: wir gehen auf der anderen seite hinein, biegen wieder in der selben art ab und nehmen den ausgang, der vorher unser eingang war, um an eine ganz andere stelle zu gelangen; so geht es sich aus, wie mit dem messer und einem faden in der tasche, die sich ;rot; schauriges gefühl davon nennen, es wäre sicherer, hier nicht länger vorhanden zu sein, sagte es zu den leuten von Damals, die etwas sich nähern spürten, aber entlang der grenze ihre häuser einmal gebaut, und sie erst gestorben wieder verlassen haben.
wir stehen auf der einen seite, und zwischen hier und dort liegt ein graben, das messer sagt tal und kein elektrisches licht leuchtet; wir wussten es nicht, bevor all das angefangen hat zu zerfallen, wie unsere vorstellungen von einheiten im blattflackern viel allgemeinerer symptome: unserer fähigkeit uns und anderes zu identifizieren, sodass wir hier stehen können und über die felder schauen, auf verfallene häuser, auf hügellandschaften und wald, an die wir anknüpfen; und eine stimme uns immer wieder beschreibt, wie jenseits der grenze ein sarg aus den häusern getragen wird, begleitet von soldaten.

vielleicht haben wir vom flimmern und leuchten der 8 und 16 bit konsolen, den satellitenschüsseln und den #simulationen darin etwas anderes erwartet, als das aufnehmen unklaren rauschens von wäldern irgendwo am rand der galaxis, einem ende, an das wir mit raumkreuzern reisen, um durch zerstörung die anderen daran zu hindern, uns zu zerstören, basen errichten, nah am haus an der grenze hat es sich durch die nachtfenster geschlichen ins portrait der maschine als junger was?; und neontropfen jetzt andere blicke und augen auf die expansionabsichten von damals, floodfillen gebiete bachschaum mit farben durch neue worte wie: polygonmodelle und pixelhaufen geben uns einen eindruck von den jagdszenen der zukunft und dem weißen fell der felder, die sich ;ruß; noch im schwarznebel des krieges versteckten, partisanengräben und gräber geschaufelt haben, bis wir ;damals; dorthin vorgedrungen sind, mit mausklicks, um im namen einer einheit, die in den besseren wörtern der einen oder anderen sprache Ich sagt, das gebiet untereinander zu teilen.

wir sehen das weiße fell der felder, die flachen schneebedeckten flächen im nebel am morgen und ihr anderes verhältnis zu den dingen, die dort erkennen, was die besseren wörter #realität nennen; wir sehen die grünen, tiefgrünen flussläufe, downstreams und behauptungen von kohärenz, die etwas auf sich halten und mehr von diesen flächen aus sprache erwarten, als von den rostbraunen fernmelde- und hochspannungsmasten, hügelkämme entlang, wo der bohème weht und wir die leuchtenden landschaften gelangweilt betrachten. wir zögern immer wenn die weißen flure eingehen in die weiße nebelwand einer nicht gemachten wahrnehmung der wir glauben, bis der upload in die hyperlinklabyrinthe unserer erinnerung abbricht und wir. träumen vielleicht, aber nicht schlafen. uns nicht erinnern an pferdesilhouetten grasen im schnee heben und senken sie köpfe als botschaften in glasmilch, auf tropfen und ab, auf tropfen, und ab, acht mal, und ausfließen neonströme, im vergleich zur archaik handgeschriebener indizien in baumrindenrändern und den zukunftsträchtigen verweisen der glasgießereien, in die quarzsandmassen rinnen und seltene salze zu gekoppelten bildflächen schmelzen, dort, wo andere hochebenen sehen, und wir uns vermitteln, vermitteln, vermitteln ohne erkennbar zu sein, weiß auf weiß, wenn

#cyberreality #equals #liquidation #equals #surrealism #equals #dream #equals #hyperlinkage #equals #fragmentedreality #equals #simulation #equals #reality #equals #cyberreality #equals #surrealism #equals #dream #equals #drowning #equals #equals #equals #equals #equals #equals #equals #equals #equals #equals

der turm am gipfel des kamms weiß von der arbeit der glashütten im tal, die eine physische war und jetzt eine geistige ist; wie ein traum aus dem er hier nicht aufwachen kann, frisiert er die wilden blaubeerfelder seiner überzeugung, es gebe keine distanz zwischen ihm und den dingen, und er versucht die schreie der nachtvögel mit werkzeugen zu begradigen, wenn sie silberne früchte tragen und schwarze blätter herabtropfen, wenn sie mit der entgegengesetzen ansicht sympathisieren.
all das hat die klare trennung der besseren wörter zur bedingung und so lange wir hier noch vorhanden waren kornähren, schwarzer mais gesät, pilzbefallen, säuren; und harz fließt in seinen augen aus den wunden in die hände der glashütte im tal, die auf rohstoffe wartet; bodenschätze und raubbau, an etwas, das der turm am gipfel natur nennt; holz zum brennen, seltene salze und quarzsand hinter den augen zerschlieren vorstellungen davon, dass es die dinge irgendwo gebe, hinter der ansicht der dinge, die wir davon haben, oder unserer erinnerung daran, wie silberne früchte und schwarzes laubwerk aus geschmolzenen farben in gläser geformt und erstarrt wurden, in den hütten, die von hier aus ins tal gefurcht liegen und die leuchten, für etwas, das an den #surrealismus als einer technik glaubt, die keinen unterschied mehr macht zwischen den dingen die einmal geistige waren, und jetzt physische sind.
aber die kombination und die werkzeugkombination, hören wir den turm am kamm sagen, durch die es überhaupt erst möglich war, den turm auf dem gipfel zu bauen und die glashütte, die sich mit soldaten die haarrisse im tal der dinge aus eitelkeit kämmt, über eine gemachte erfindung; träume im #display, #cyberrealismus und dann worte feilen messer und äxte sind werkzeuge sagt, dann die

schnittflächen seiner kiefern verharzt, die uns auf lange sicht einflüstern, dass es vielleicht besser ist, nicht mehr vorhanden zu sein.

das kalte harz der kiefern fällt ins gras und stellt uns keine eindringlichen fragen. das kalte harz das sich für uns nicht interessiert, hat uns im sommer nichts zusagen und im winter nur wenig. wir kalte häuser, kalte öfen in die ein bisschen funke fällt, das glimmen langer rauschgetränkter nächte im nebel unter dem haus an der grenze, die kleinen dramen, und schwarzer rauch daraus steigt auf ins stark gesalzne fleisch von schweinen, das durstig macht, so durstig nach dem bachschaum der die schenkel abfließt in die krüge steinern dies und gläsern jenseits jener wiesen, in die das kalte harz der kiefern fällt, das sich für uns nicht interessiert und nicht für was uns interessiert; weil die schritte die wir gehen, immer weiter, vorbei an halbzerfallenen häusern, durch die milden nachmittage und das, was bessre wörter zarte selbstsucht nennen, neben sich nicht lassen können, was ihnen am ähnlichsten ist.
ja, weil diese schritte, die wir gehen, das harz der kiefern kalt lässt, erkalten wir, wie das vorhersehbare ende eines satzes, der uns nichts zu sagen hat, oder nur wenig in einem langen winter, in dem wir kalte öfen sind, und auf wenig ;nur ein wenig; mehr als einen funken warten, mit dem das kalte harz der kiefern die morschen worte unserer umgebung in brand setzt und angefacht vom kalten wind rot weiß blau brennt und die grenzen verweht, von der einen zur anderen sprache, mit der wir versuchen uns zu vermitteln.

wir sind die anzeichen für den aufbruch, wir für den wald, wir für den verfall, wenn der wind, den wir kalt bohème boihemum böhm nennen, in uns fährt. und wir fragen noch nicht nach den andern.
wir flexen während die sonne auf uns herabgleißt, ohne die milde der besseren wörter von damals, wie sommer wie brise wie romantik, ozon sich in den schichten aus steinen verbirgt und worte worte worte wie dinge benutzt, über das beschreiben einer natur, die keine mehr ist, längst nicht mehr war, bis wir nicht mehr sind, sagen die besseren wörter.
zuerst waren hier das weite fell der felder und der wald, dann folgten die sprachen, auf die menschen gefolgt sind, die sie imitierten wie einen gesang, sagt man uns auf den schleichwegen lauern diese selten gewordenen tiere unter dem deckmantel der harmonischen natur, wo als abbild eines göttlichen schöpfers eine einschließung stattfand, des geistes, in die materialhüllen der dinge spült hier bachschaum als angst, weiter, nur immer weiter in der fließgeschwindigkeit unserer rastlosen blicke sehen wir blasen entstehen ;wo?; hören wir den wind über die hügel stürmen ;feuer; auf die bastion und durch baumreihen brechen wie druckwellen hören wir rauschen, gleißend, was keiner sich zu hören erlaubt, #drowning in den sirenen; dass das ende des einen den anfang des andern markiert und unseren aufbruch der materialhüllen aus kalk beschreibt, das perlmuttschimmern des auges im moos; muschelscherben, fliegen um das siechtum der dinge, beim versuch ein und wieder auszuatmen hört man unser aufbrechen; entlangfahren unsere zungen wie eine schnecke die rasierklinge entlang, weil unsere regeln hier nicht mehr gelten. und wenn hier nicht, wo dann?

bärenjagden, wolfsjagden; maschendrähte, natodrähte einzäunen talschneißen mit worten und grenzsteine liegen vor worten und warnungen liegen schilder weit vor den grenzsteinen, in immer größerem abstand, sodass sich das unbegehbare ;der sprache; weiter verbreitert, dort wo der kalte wind ruß über die hügelspitzen hinausträgt, obwohl doch das angebliche ende der welt, die zivilisiert ist, hier wie eine mauer den mund öffnet, uns *sagt* wie einen gesang, und über so etwas wie einer kreuzung verhallt, an die wir schon nicht mehr glauben, weil sie uns vorgeben will, in welche richtung wir gehen.

der raue teer in den dörfern ist nie eine ausnahme gewesen. der raue teer, an den wir uns erst erinnern, wenn wir weiter gehen, aber zurückkommen, an einen ort, von dem wir ausgegangen sind; er hat für die einheimischen keine bedeutung, nie gehabt. der raue teer schreit nicht und er lacht nicht mehr und er ruft niemandem zu, mit den eingefallenen schultern und den träge herabhängenden wiesen, über die hinweg er uns anschaut; und fragt, ob es nicht besser wäre, sich zu begreifen als: zusammenhängende fläche, die zu vereinzelten häusern, zu vereinzelten dörfern, zu den nationalparks und wanderwegen führt, die heute ;es ist doch zeit; die grenzen von damals überschreiten, ohne hindernisse. aber wir haben angst, tiefe erschütternde angst, sagen die besseren wörter, vor der dunkelheit und dem nebel und den zorngrellen städten.
der raue teer in den dörfern, der das weiße fell der felder trennt vom fell der weißen felder wie zungen die laute, und vorstellungen den inhalt von worten, die klang sind und rauschen, worauf wir ausgehen; der raue teer in den dörfern, er sieht für uns aus wie sand zwischen samt, auf dem weg über die hügel, und die raben haben sichtlich ihren spaß obenauf, wenn sie kreisen und sagen, was zu hören nötig ist, für die nötigen ohren, um sich einen namen zu machen; und eine stimme läuft weiter und weiter, während wir laufen, weg von den dörfern über den rauen teer in den dörfern der nie eine ausnahme gewesen ist, wie die türme und kräne nicht in der stadt. er erträgt nur den schnee besser und das eis, und winter für winter das salz, das auf die metallkante des schneepfluges folgt, wie wir dem weißen fell der felder. irgendwo über den hügeln sich rußklumpen bilden, darin verschwinden die raben [redacted] und neontropfen fallen von glas.

arber ist ein wort für die schneeschmelze auf feldern, man sagt: es wird arber, wenn der samt nicht mehr ;weiß; zwischen pferden, auf den feldern beharrt. #liquidreality #drowning

einer hat einmal gesagt, es sei bei dieser art von metall schutz, dass es rostet sei dabei ganz normal und keine beeinträchtigung entstünde, in der auflösung lässt sich so etwas nicht sagen, soweit der schnee wegschmilzt, kann man unter allen umständen hören und riechen, wie unter den gittern und in den schächten der straßen möglicherweise konflikte gurgeln, zu deren wesen gehört es, sich unter einer reizbaren schicht aus metall zu verbergen, die rostet und morsch wird, beißen wir die zähne zusammen.

wir beißen, wie schwestern, die zähne zusammen und tun so, als wäre das husten und gurgeln nur eine möglichkeit von vielen, bei einem so lückenhaften körper. wir sehen: sie liegen im rauen teer; wo wir unseren drang danach, uns zu vergiften und zu zerfließen die toilette hinabspülen.

alles redet hier ;rinnsteine entlang; in ein- und ausschwällen, in erbrochenen sätzen gegen das zerfließen der sätze an, wenn es arber wird, abfällt und versucht sich an die gitterstäbe der schächte im teer zu klammern, die rosten vom salz, um sich gegen seine verflüssigten grenzen zu schützen, wie wir.

der bachschaum hat sich so beliebt gemacht, weil er sprudelt und sprudelt die sprache der anderen wälder und waldstücke und dörfer, während wir arber werden. der bachschaum der sprudelt, scheint es, ist überall und nirgends zuhause und überall und nirgends schäumt es aus ihm heraus rinnsteine entlang und die gullideckel seiner vordergründe hinab, in räume die ihn #simulieren und seine #simulation #simulieren. der bachschaum spricht von sich immer nur als einer grenze, weil er die erfahrung der #bubbles zur bedingung seiner existenz hat, während wir fließen, schäumt er schmutz durch alle dörfer schmutz die rinnsteine entlang und zieht uns die schächte hinab, zieht uns und zieht, er, der sich vorher so beliebt gemacht hat und der immer vermittelt, er habe etwas mehr und immer besseres als alle andern verdient ;weil ihn das schicksal nicht arber gemacht hat, glauben wir es gurgeln zu hören; und haben für ihn, trotz seines hangs dazu steine zu schmeißen, vielleicht nichts übrig als mitleid, das man in den glashütten zerstampft, wenn es die haut und häute der schäume beim abkühlen erhärtet. und sich keine gespräche mehr fügen. und in den glashütten ist kein holz mehr und kein harz, um die worte und bilder zu schmelzen.

ein anderes mal hat einer gesagt, dass es nicht an der reizbarkeit des metalls läge, dass sich die dürre in das zahngitter der schächte gefeilt hat, in die wir fallen. how brave they'll all think me at home.
zuerst verliere man allen halt, dann fiele man in den schacht. und wir fallen; und fallen so lange, bis das gefühl, es sei normal und gar nichts ungewöhnliches daran, ein absolutes geworden ist und keinen zweifel mehr zulässt; überall um uns fallen die dinge, die uns im grunde vertraut sind, wie wir, in der selben geschwindigkeit; begleitet vom untrügerischen gefühl, etwas daran wäre ganz schrecklich verschoben und falsch und ein unausgesetzter betrug. und damit fängt es an. wir denken es, ohne eigentlich sagen zu können was damit gemeint ist, so lange wir fallen, bis wir uns auch *daran* gewöhnen, aber die orientierung verlieren und rasend fragen: would the fall never come to an end; die fenster leuchten dann anders und limonaden haben einen andern geschmack und die blumen haben andere farben, und gesichter passen nicht mehr zu den stimmen, die von den dingen ausgehen, wohin wir auch laufen, sind die schwindelerregungen immer wieder, gefallen, in unterirdische städte, die man früher benutzt hat, um sich darin zu verbergen sirenen hinter geschlossenen augen hier finden wir flure wie straßen und zimmer in zimmern und eine ganze reihe von geschlossenen türen, die sich nicht öffnen, weil uns der schlüssel dafür fehlt zu begreifen, wie wir hier hineingelangt sind. aber wir sind es.

von hier aus, wir beschreiben ein zimmer, wir beschreiben das holz im zimmer und das wasser, in dem wir schwimmen, zerschwimmen; wir beschreiben das beschreiben um nicht zu zerschwimmen, wir beschreiben wie wir das holz im zimmer beschreiben, wir beschreiben das holz im zimmer mit dem boden, den wir mit einem tisch beschreiben, wir beschreiben das zimmer, den boden und den tisch im zimmer mit dem holz der türen, deren unterschiedliche größen wir beschreiben, indem wir den teppich der die wände hochwächst mit holz beschreiben, das die wände hochwächst; wir beschreiben das beschriebene holz des zimmers, das wir beschreiben, indem wir beschreiben, wie wir beschreiben, wir beschreiben nichts neues und das salzwasser ein anderes mal, wenn die überlegungen zu vorwürfen werden, alles was wir täten sei zu recyclen, recyclen, #recyclen; und es würde nichts neues jemals entstehen, in dem zimmer das wir beschreiben, wären da nicht das werkzeug und die kombination und die werkzeugkombination; flaschen und fläschchen die wiederkehren und auf tischen stehen und manchmal sind sie einfach erreichbar und wir trinken daraus, wir trinken und trinken, und fragen uns was denn eigentlich; wir recyclen und beschreiben dieses recyclen, und manchmal sehen wir nach oben und verstehen, dass wir ertrinken würden, in den unterirdischen salzwasserseen, inmitten von häusern, wir häuser, ohne die routine des schwimmens, durch die wir mit ein wenig glück an ein unerwartetes ufer gelangen.

wir gehen unsere schritte, die wir nicht beschreiben, an der oberfläche, die wir nicht beschreiben, auf goldenen salzwegen im sand aber, maze in the dark; shining; we are digging for windows, mit ein paar schillernden schlechteren wörtern ziehen wir hinter uns rot rosarot eine spur nach dem fall von zäunen und mauern. und wie lange hat das alles gedauert und wie weiß waren die wände, waren die laken, waren die blumen unserer expansionsabsichten im gras. was haben wir vom rauen teer in den dörfern erwartet, den talschneisen, die neonfragen vom schild tropfen im nebel. wir atmen, wir atmen noch, wir sind immer noch hier und wir hören die vögel unsere verschnaufpause singen vielleicht hast du am fall die eigene oberfläche erkannt. wir sehen die goldenen salzwege und sehen die goldenen salzwege wie flure entlang wehen, den wind der rast den wir bohème nennen, der irgendwo weit oben im glasgewölbe die frage nach dem verhältnis vom einzelnen zum ganzen stellt, vom wort zum satz, vom Ich zu seiner gemeinschaft und schon beginnt es sich wieder zu drehen, zu drehen, zu drehen.

von hier führt kein weg nicht hinaus nicht hinein, kein weg nicht in diese oder jene richtung, kein glück und keine hoffnung steht hier nicht kein hier nicht kein dort nicht kein tor bin ich zur stadt minos eleonorenhain klaffer, sondern kreise um ein haus nahe der grenze; hier laufen die vögel; es sagt: um mich bauen sich im kreis nester, legt sich kalkschicht auf kalkschicht kreisen um kreisen hinein, suchen sie wiesen sie aus nicht trockenen blumen, sie nester; die kinder; nach kalkschalen zu greifen im kreis laufen sie und aus spaß um das haus an der grenze, und lachen bis ein kiesweg gelegt, bis eine straße aus teer auf den kiesweg gelegt wurde und gleise auf die salzwege aus sand; und führen gefährte ruß und ruß, einrauschen sie nicht und nicht spiele in gräben, wo keine nester mehr sind und nur kalk. keine gefangenen nicht haben frei laufen dürfen vögel nicht in die motorisierten gefährte geraten keine menschen in die motorisierten gefährte nicht haben geraten können im kreis einer drehbewegung laufen ums haus maschinen zahnräder explosion die vögel und wir sehen die werkzeugkombination nahe der grenze ;schlachten; haben wir in den gräben gehockt, mit berechnenden blicken unter der kante des grabens, damals, hat eine stimme nach uns gerufen, zur vernunft, nicht so nahe an der straße mit den motorisierten gefährten zu spielen. aber nicht sitzen die augen nicht mehr hinter kein fenstern, kein hier nicht kein dort nicht kein nicht existiert hinter den augen, und nur in der sprache der zahlen: denke nicht an schlachten ;rot; nicht an kalk ;weiß; auf kadavern; auf augen, die sitzen und achten, über ozonblauer schürze hinter üppigen blumenumrankten fassaden balkonen, ob wir spielen, zu nah an der straße, wo nutztiere ihre nester gebaut haben und die motorisierten gefährte aus verbrennungen geschwindigkeit zehren, jetzt hinter glas. im kreis führt kein weg nicht hinaus auf die sandigen straßen, nicht ein nicht und aus kommen die nutztiere maschinen, wir, berechnen und zahlen fleischmassen am haus nahe der grenze, von dem aus kein weg nicht hinaus, nicht kein weg nicht hinein, nicht kein weg nicht in diese oder jene richtige richtung sich richtet, sobald sie nicht mehr vorhanden waren, die augen über dem blau, und wir gehen allein, schritt für schritt, durch die sprache der zahlen.

die differenz zwischen einheit und bohème in den auf- und abstreamigen kapilarfasern einer wunde aus holz ;rot; in die unsere eigenen widersprüche einen übergang sickern ;aus sprache; wie innere zustände, nicht folgen sie a, nicht auf b, nicht auf c; und nicht haltestellen einander, im glauben, dass auch ihre ordnung ein system des hierarchischen sei; eine setzung gleißen ;harztropfen im neon; von oben herab, oder an einer reihenfolge entlang, die sich im raum etabliert, hat, den wir von hier aus durchschreiten; immer im bewusstsein all der graffitis, die formal zeigen, was sie inhaltlich sind; während wir noch auf die uhrzeiten warten, auf das holz sehen ;schuppen, dunkle;schlange stehen; und nicht das neben, sondern nacheinander unserer routen und wege ;in glas, kunststoff und metall; die von hier aus immer nur in zwei richtungen blicken, einander entgegengesetzt sitzen, einander ansehen, über einem raum ;augenblick, spalt; durch den wir uns der differenz zwischeneinander bewusst werden ;der wunde; die halbertrunken in spucke unsere inneren widersprüche sickert ;zu kunst, sagen die besseren wörter; verflechten rot faser und faser verflechten; und wir ganz ganz weit entfernt darin die polyphonie aller stimmen distinguieren ;blattgefäße; faser um faser, die notwendigerweise nur in die eine oder andere richtung gerichtet behaupten, sie wüssten wo lang, wüssten wie lang, wüssten; und verlangen zu folgen ;wie unsere buchstaben der richtigen lesart.

die fenster an der alten fabrik sind blind, für die gewalt. als würden sie nicht sehen wollen, nicht sehen können, wie sie die steine bedrohen.
wir würden nicht mehr auf die idee kommen auf die scheiben zu schmeißen, aber immer wieder wirft jemand einen stein auf die scheiben. wirft einen stein auf das glas, mit immer größerer kraft. es klirrt und der stein springt zurück durch die formeln höherer parabeln; vorhersehbar und berechenbar einen immer größeren bogen in seiner reaktion auf das glas.
aber niemand von uns würde wagen, die glasgleichgewichte zu brechen: des lärms wegen nicht und des chaos, mit dem der alten fabrik das glas reißen oder völlig zu bruch gehen würde; und nicht mehr zurückkehren können, nie mehr.
vielleicht steht die fabrik, hören wir den wind den wir bohème nennen hier sagen, nur deshalb noch da, weil sie uns ihre freiflächen offengelegt hat, auf der einen, wie auf der anderen seite. sich angreifbar gemacht hat und damit auch die gewalt auf sich konzentriert.

aufsteigt vor uns die frage, wie eine säule aus rauch, ein pilz in weiß, rosarot, rot mit den worten wer bist du. einmal ging das wort Ich durch die straßen der stadt, zwischen gullideckeln und den bauen der kaninchen. Ich ging zum kiosk, und kaufte eine limonade, Ich sah die fenster beim warten sich den sonnenuntergang auflegen, wie make-up, und uns wie aus pfeifen in die himmel rauchen die häuser, einer säule zum glas und der frage die niemals jemand beantworten kann. Ich sah die leute am kiosk, wie raben und tauben und kaninchen auf einem stein sitzen und darüber sprechen, dass heute allerlei identitäten in die dinge zerfallen die uns umgeben. eine raupe wird groß, eine raupe wird klein, eine raupe verpuppt sich, legt ihre grenzen ab, und ist keine raupe mehr. ich sagte, sagte Ich, fühle mich, als würde der wind in mich fahren, den sie bohème nennen, während ich die straßen entlang ging, mit ihren seltsamen alten und bekannten namen, die netzwerke beschreiben. auch die städte waren einmal dörfer, man müsse nur lang genug sitzen und warten – und zwar so:
der wind hat sich gelegt, die tauben sitzen still auf den dächern und die kräne, sie schweigen über dem feinen asphalt. nichts stört ihr bleiben. keine bewegung findet statt, kein geräusch, kein cut. die straßen liegen trocken da. wir fallen und fallen, rückwärts und mit geschlossenen augen ;rast; durch orte, an die wir uns so lange gewöhnt haben, dass wir sie nicht mehr erkennen, sagte Ich, an der vielbefahrenen straße und zerfiel wie rauch zu laub, in dessen lose blätter der wind fährt, sie zerstäubt und durch die straßen treibt.
wir steigen aus kanaldeckeln wie rauch, wie das was gesagt wurde ;bis hierher; um uns zu beschreiben. aber solange wir keine straßen erfinden und häuser, wir häuser, die unterhalb

und an salzseen liegen, gehen wir in teilen spazieren, zerfallen wie laub ;ja; wie laub, und werden vom wind und den stimmen der dinge durch die straßen gescheucht, zu ungewohnten, ungewohntesten begegnungen mit dem bauchraumgefühl etwas sei falsch, ganz falsch daran, das uns fragt: wer bist du?; der frage, die niemals jemand beantworten kann.

hinterhaltswälder im neonrauschen wir, vorstädte unserer identifikationen, die an den salzgrenzen irgendeiner zugehörigkeit lecken und sich dabei die zungen zerschneiden an einer klinge aus glas, einem messer, das Ich sagt es könne sehen wie auf dem kamm die posten nah beieinander lauern von der einen oder anderen seite aus wächst das moos auf den steinen am wetter entlang patroullieren die sporen aus schimmel am haus einer nicht gemachten erfahrung von Damals, schießen, hier die fruchtköper aus dem myzel von hyperlinklabyrinthen verschwommener erinnerungsschlieren #liquidation durch den geschlossenen boden unserer epigenetik, die #simulationen von konflikten entgegnet und die ängstlich auf flachen felskappen sitzt, und stein auf stein geschichtet in zwei und in eine dritte richtung suchend lichtblicke schickt und rauch aufsteigt, granit auf granit, wie die glieder der nachtblauen raupe visionen vom ende, und uns fragt: wohin? geh hörst du?

von hier aus ruft eine stimme: lauf und hol mir meine uhr, lauf und hol mir meinen handschuh ;den weißen; lauf und hol mir margarethe aus dem haus nahe der grenze. von hier aus sind wir gelaufen, gefahren, gegangen, gehüpft spaziert, marschiert undoder geeilt.
von hier aus wird die stimme nur noch: immer leiser, und wir trauern, in den besseren wörtern sind wir dem haus für immer zu klein geraten, nicht erst als wir wuchsen mit wörtern und wortbissen, stößt unser kopf an die erwartungen, und das haus glaubt zu sehr an seine pflichten den geschossdecken gegenüber, der stockwerke des hauses. seine form nicht und nur seine funktion, seine form nicht und nur seinen inhalt, ändert das haus, seine form nicht für immer und wir strecken die arme und beine durch fenster und türen und den kopf durch schornsteine und machen uns auf, auf und auf den kopf treffen uns geworfene steine und auf die brust, beim versuch das haus zu und mit dem haus das dorf zu verlassen, in dem alles redet, davon, dass wir nicht klein genug oder groß genug geraten sind; und sehen hinaus und sehen das neonleuchten der städte und dörfer, wie sie aus der zeit fallen und ineinanderfließen. wir versuchen aufzustehen, aber bleiben zäh auf dem boden rühren sich nicht unsere glieder; und wir begegnen dem mit einer wut gegen das haus, in dem niemand mehr vorhanden ist, schon seit jahren und aufpasst, dass wir nicht zu nah an die straße geraten. und uns bleibt nur übrig selbst arber zu werden und in die schächte zu fließen und wie tränen zu fallen in die salzwasserseen unter der stadt, die in diesem fall auch nichts weiter ist, als ein entzug.

# ‹2›

city through the window
make it our own
run to it
plastic cherry blossom
eyes never close
run to it

*keep walking*
*Kelly Lee Owens*

manchmal vereinfacht es einem diese keinen-fick-gebende habachtstellung der scooter, denken wir an den dunkleren orten, und die selbstgewissheit ihrer lage, in der es schon befreiend ist, sie von weitem zu sehen, wie sie leuchten und bereit sind, abgeholt zu werden, oder benutzt.
wir sehen sie zwischen platanen und glauben daran ;glauben daran wie an türen und schlüssel; weil sie nur an den fortschritt einer erleuchtung aus steckdosen glauben, glauben können und müssen; weil die scooter davon abhängig sind, wie von den fitnessgeräten und der wirkungsweise der zahnräder, hebel und explosionen, die turbinen betreiben; im kreis spiralen und immer schneller.
es sind vielleicht die alten fiktionen eines kampfes um straße, von der revolution aus, zu goldketten hin und zu blockchains und hashtags an den wänden der kinderzimmer, die im grunde keiner länger als ein paar sekunden betrachtet und die existieren in der sexyness harter, angeblich kunstloser fakten ;fakten; die unabhängig sind, von sprache oder bewusstsein, womit wir uns hier im großen und ganzen und beinahe ausschließlich befassen; bei einer grundfrequenz von etwa 4-7 hz (theta) folgen wir weiter dem weißen fell hyperbolischer nager, bis wir in die dunklen ecken gelangen, nachdem wir zwei mal falsch abgebogen sind ;sagen die besseren wörter;
und die scooter stehen dort mit der selben aufrechten haltung, mit der man seinen hass auf die uniform der bullen liebt in den straßen; aber so lange man über sie spricht, bleibt man im plural und in der problematik langlebiger urteile a priori, die uns wiederfinden und verbergen worauf der einzelne wartet, den man dort am rande einer legitimierten zone abgestellt hat und der genau wie alle anderen nicht weiß, wohin mit sich.

wir können das versprechen der trockenen blumen das wir versprechen nie ganz vergessen indem wir uns versprechen, wie einen anfang, die fensterbretter entlang gehen und stolpern, auf dem weg zu den inneren vierteln der stadt. vielleicht ist zu viel trost für die zerrissenen seiten der bücher darin, in die man sie zum konservieren gelegt hat, oder in himmelbetten, die an den rändern der glaskuppel entlangziehen und alles anschauen, was war, ist und sein wird, sicht ohne augen, und sich eine idee von uns einbilden, in die wir hineinwachsen, während wir bleiben und gehen.

sich darüber illusionen zu machen ist naheliegend, aber unangebracht, sagte Ich, weil wir alle worte dafür nicht gelernt haben, und das versprechen nicht ganz vergessen. damals die blumen, als glorienschein aus mittsommernächten, zu einem kranz geflochten auf den kopf gesetzt und ihre versprechen in einen unendlichen unveränderlichen himmel haben aufsteigen lassen die auserwählten, gesicht ohne augen. uns abraten davon ;sie; stimmen, die es für gefährlich erklären zu nah an die sonne zu fliegen, weil man austrocknen würde, eingehen, oder feuer fangen, verbrennen wir haben uns an den boden gehalten und an das messer, mit dem man sie abtrennt vom steigen und fallen; von wo aus wir jetzt ein wenig feuer fangen und dabei aufglimmen wie zigarettenpapier in den glas-aschenbechern von bars und kneipen um drei uhr vier uhr fünf uhr nachts besprechen wir die trennungen ;ohne zu weinen; als a) unkultivierte b) kultivierte oder c) renaturierte metaphern vom versprechen, immer zu bleiben was sie schon sind – während sich sonst alles verändert, zerfließt, unsicher wird. zimmeransichten ziehen vorbei und leuchten wie die asketischen formeln in den bücherregalen, in die man die trockenblumen gestellt hat ;bessere mathematische formen, in die man sie gestellt hat, als abstraktion, als eine art glorienschein ;jetzt; in den nächten, neonleuchten hinter gefäßen aus glas, mit flachen bäuchen, für deren versprechen: uns zu vereinen, wir ein ästhetisches interesse haben. und auf dem weg in die inneren viertel behaupten, es wäre nichts weiter als das.

ein teil von uns in den straßen, ein teil von uns in den parks, ein teil von uns in den höfen und hinterhöfen in den vierteln der stadt, auf der suche, ja - wonach eigentlich?, hören wir windlefzen im magnolienbaum über uns bellen. so wie er seine äste ausrankt und die blüten daran, entsteht unser eindruck, er habe viel zeit im ausland verbracht. aber anstatt um die welt gereist zu sein, hat er sich von überall her, hat man den eindruck, seine blüten zutragen lassen, synthetische farbeindrücke, wie klamotten aus den 80er jahren, ballonseide aus nylon oder plateauschuhe aus den 90er jahren des letzten jahrtausends.
weiß und rosa und rot, wie die kirschbäume im frühling, mit deren blüten er in vergleichsweisen fällt, auch wenn es ihn nicht glücklicher macht; und weiß ;wissen; dass es ihn nicht glücklicher macht. aber er kann nicht anders; weil sie ihm am ähnlichsten sind.
der magnolienbaum weiß, dass ihn die dornbüsche umstellen, weiß es zu bewusst vielleicht, weil er immer wieder behauptet, immer wieder, es läge an ihnen, dass er noch nie das land verlassen habe oder den herzförmigen luftballons gefolgt sei. dabei weiß jeder, der den magnolienbaum zum ersten mal sieht, dass er das nicht nötig hätte und erfährt es, erst mit den vorübergehenden jahreszeiten verliert er seine blätter. sie fallen zu boden, fallen und fallen, und er sieht ihnen nach und er erkennt, dass sie braune flecken bekommen, dass sie zertreten werden. und er denkt, dass er es im nächsten jahr anders machen wird ;nicht schwärme, nicht höhne; sich keine blüten wachsen lassen für honigsammler, die sich darüber freuen, sondern das land verlassen, um dem bunten nylon zu folgen. worüber im allgemeinen wir anderen lachen; und zurecht, wie es scheint, weil wir auch sehen, dass die

fliegenden herzförmigen nylonballons, für den magnolienbaum der drohung gleichkommen ihn zu vernichten, würde er sie jemals erreichen. wie wir.

nacht, auf einen haufen zusammengerottet liegen sie, die ihre stimmen nie senken.
wenn die sonne scheint, leuchten sie auf, gärt es in ihnen, gehen sie uns mit ausdünstungen an, und wenn es regnet, prallt das wasser von ihren häuten wie ansichten ab, und fließt auf den boden, zum rost hin, und lässt die gelben säcke und ihren inhalt im grunde kalt. was ist regen?, fragen sie dann.
wir lassen uns davon nicht irritieren, dass sie sich auch amüsieren, dass sie lachen und spaß haben, wenn der wind weht, den wir bohème nennen. es scheint uns ihr normalzustand zu sein, weil sie ihre stimmen nie senken; und am besten sind die gelben säcke, wenn sie witze über ihren eigenen inhalt reißen, ohne, dass er sich über die straße verteilt, in der selbstironischen nacht, bevor sie abgeholt werden.
zusammengedrängt auf einem haufen, liegen sie neben den haustüren und warten. wir haben ein sehr klares bild davon. und alles was sie sagen wird geflüstert und vieles was sie denken wird gar nicht gesagt, weil sie wissen, dass die form ihrer gemeinschaft gewisse formulierungen entwickelt hat, die unangenehme assoziationen und ablehnung hervorrufen, sobald sie einander nicht widersprechen. diese haut zwischen den gelben säcken ist meistens eine viel feinere, als es den anschein hat, als es bequem für uns ist.
und wenn es die gelben säcke sind, die wir für unsere mülltrennung benutzen und ignorieren, dass es immer noch günstiger ist, sie an ein heizkraftwerk zu verkaufen, als sie zu recyclen, dass es aber noch einmal günstiger ist, sie im meer zu versenken, dann bleibt es letztendlich eine ästhetische frage, ob alles zusammen in den restmüll gestopft wird oder nicht.

wir berühren einander mit fingern aus glas. es hat sie in die leere der straßen geregnet und in ihre offenen stellen; der schächte aus erde und teer.
wir berühren einander mit fingern aus glas und tropfen von den gerissenen händen in ein waschbecken, unter dem spiegel; durch den wir in unseren blicken die verwunderung darüber erkennen, einer person gegenüberzustehen, die uns am ähnlichsten ist.
wir berühren unsere gesichter mit händen aus glas, um uns zu waschen und werden halbdurchsichtig dabei, rot rosarot, legen make-up auf, altern, wir leuchten, wir setzen uns löwenmähnen auf, einfach nur so, zum spaß
#simulation #equals #dream
dabei ist nichts so wahrscheinlich, wie ein moment der unaufmerksamkeit, in dem wir uns umsehen, ob da noch jemand anderes ist und aus der hand fallen, einander, und zu boden, wo uns die starre haut reißt.
die suche nach einer begründung bleibt dabei vage, im gegensatz zu dem etwas morbiden bedürfnis, die flirrende wunde mit den fingern zu reiben, nach links, nach links, nach rechts, nach links; manchmal im gefolge von katzen, manchmal von hunden, manchmal im gefolge von bergen, manchmal im gefolge von meer – die sich eins nach dem andern beim darüberlecken die zungen zerschneiden.
wir unterstellen unsere finger aus glas nur, und dass man sich dazu verschieden verhalten kann, ist im grunde indiskutabel. genau so richtig ist, diese risse in horizontaler richtung zu öffnen, öffnen zu wollen, darüber zu sprechen. und es ist ebenso möglich und erlaubt, es für sehr unsensibel oder für sehr sensibel zu halten diesen zusammenhang herzustellen, wie die spitzen unserer finger aus glas, über die wir einander anfassen, anzufassen versuchen.

das klirren und klackern und das vielfarbene leuchten der limonaden am kiosk entdeckt uns, vor neonröhren, im arbeitslicht, rot rosarot, und hat uns so dringend nötig.
wir erkennen einen hang dazu, uns nur zu begegnen, um ihre art charme an uns abspielen zu lassen, der sich über die umzüge und umwege der fernfahrerstraßen, tankstellen, verladestationen bis in die agenturen, werbebüros und chefetagen von start-up-unternehmen gebildet hat; gebildet und weiter gebildet, im versuch einer sammlung breit aufgestellter varianten; von charme im versuch einer entwicklung neuer geschmäcker, bei deren bemühung hin auf unsere hypersensiblen knospen, wir sie erwarten, wie die wiederkehrende zellteilung, und zellteilung der gesellschaft, um vielleicht irgendwann einzugehen, in das gedächtnisschema einer anderen ordnung ;aus druckerschwärze, transistoren, dioden und kühlaggregaten
#cyberreality #hyperlinklabyrinthe
weiterlaufen, weiterfahren, weitermachen.
das neonrauschen und das surren vor kühlaggregaten, in dem wir uns benutzt fühlen; geschmäcker in glas, die uns am ähnlichsten sind. und etwas wehrt sich bei der vorstellung, dass unsere hände frieren, wenn wir sie mit fingern berühren, die die kühlkette so lange nicht unterbrochen haben, wie bunte leuchtstäbe kühlschränke entlangwandern flirren umgeben von nackten fingern auf tresen stellen geld zahlen und raus in die sonne im park oder raus in die nachtstraßen mit ihnen zusammen einfach weiter weil die rücksicht der limonaden sich an uns und dem ständigen vorwärts erholen kann, wenn sie eine pause von sich brauchen, und wir...

der wind im laub ;verstummt; die rinnsteine entlang, läuft hier, her dort, hin aus, ohne etwas zu sagen, wenn sich unsere absichten auf den mauern um ihn versammeln. der stein am kiosk sitzt, jetzt, im anderen atem der leute, die sich um ihn versammeln, die kommen um ihre flaschen aneinander zu schlagen und klirren. aber ihre gesellschaft hat nichts reizvolles mehr, seitdem sich in ihm die ansicht verfestigt hat, man könne durch zuhören nichts wirklich erfahren; kein a) nicht kein b) nicht kein c) nicht nichts sei erfahrung, in der man seine sache auch vierzig jahre lang schlecht machen kann.
ein steinbeisserglauben der arbeit sägt im anfang aller falschaussagen darüber, dass die leute um ihn in erster linie das bedürfnis haben zu schlagen, einander, ihre flaschen aus glas, auf glas klirrt zwischen die geschlossenen häuserfassaden; manchmal indem sie sich die beleidigendsten und verletzendsten dinge sagen, die auf etwas ganz anderes abzielen; die versuche informeller grenzüberschreitung, im umgang miteinander, wie der abendhimmel gelegentlich sei, der magnolienfarbig reflektiert ;weiß rosarot rot; von den fenstern der gebäude licht auf die straße herabfällt die gebrochene ironie in dem was gesagt wiederholt wird und worin sich die dunkelzimmer hinter den fenstern verstecken, wie heimliche hunde auf spürwünsche gerichtet entlangwandern, an metall.
und ersticken halbhohe lacher darüber, dass jemand ihn besetzt und auf die point-erwar-t-tet, in der man mehr über jemanden oder etwas erfährt, wenn man antworten gibt und sich verstottert, aus angst; weil immer nur sprechen, wir, im anderen atem und in den anderen augen werden, immer nur b) antworten geben, die ein anderer von uns erwartet, und

sie für a) lösungen halten, wie der stein den nächsten arsch erwartet, der ihm ein verhör abzunehmen hat.
und absichten hinter ansichten liegen, sich glasscherben im beton darauf sammeln, recycled in grün und in braun und in weiß, entsteht vielleicht der eindruck, dass es ihm schwer fällt eine eindeutige meinung zu haben. manchmal wundern wir uns nur, wie grob, widersprüchlich und feindselig er wirkt, immer wieder, obwohl ihn doch alle eigentlich mögen, weil er hinter den dingen zerfällt, die antworten für ihn geben, und er nie wirklich selbst etwas sagt.

es gibt eine mauer der wir begegnen, häuser, wir häuser, an die flure stoßen mit stirnseiten. es gibt eine mauer der wir begegnen auf einem weg durch die flure der entfallenen kindzeit: eindrücke anderer augen und ohren, weil uns selbst dafür die erinnerung fehlt und für die erinnerung bilder und worte, wie dem grinsen das gesicht im magnolienbaum über uns fehlt; grinsen aus stein auf stein schiebt die fassaden der stadt vor uns her grinsen dreistöckig, weiß, vierstöckig, fenster, kirchturmfassaden aus kalk auf kalk auf metall, das alles geraderücken soll. und wussten sie, und wussten sie, dass erst dann alles richtig gestellt ist wenn, kalk auf kalk auf draht, die erinnerung an antike vorbilder und ideale uns nicht mehr zum weitermachen zwingt. weiß auf weiß auf draht. wir werden gezogen.

schönheitsfehler als eine frage des a) materials, der b) handwerkskunst und c) der antwort auf die frage, in welche richtung man von hier aus gehen will, wenn keine grenze mehr eine richtung beendet; und wenn wir kurz über die verbissenheit lachen, mit der wir gezwungen werden, zu einem griechischen lächeln in den trockenen blumen über uns zu wollen, stoßen wir auf eine mauer, mit der stirnseite der rückhand, und blut quillt rot und fließt plötzlich die oberlippen entlang,

und wir schlürfen.

und eine entfernte stimme sagt, dass es ihr leid tut.

es tut mir leid.

eine entfernte stimme sagt: es ist egal wohin du gehst, wenn du nicht weißt, wohin du willst. und geht danach unverirrt weiter, bis sie rot auf rot eingeht in die nebelwand einer nicht gemachten erinnerung.

wer hat nicht damals gesehen, hören wir es uns hier immer wieder begegnen, immer wieder sich nähern ;wie ein fallen; und die farben werden rasend und die dinge einatmen im anderen atem; #dream #equals #reality. wer hat nicht damals gesehen, wie der regen im sommer auf eine lichtbefleckte straße niederging, zwischen häusern und bäumen und leuchtenden fahrzeugen, deren bauchräume benzinmotoren, dieselmotoren, hybridmotoren oder elektromotoren mit sich herumgetragen haben, wie einmachgläser die zerkochten früchte fast vergessener erinnerungen an gebär-mutter und schwester, die im kochlicht an der küchenzeile stehen und lachen und nicht lachen.
im spiegel der fenster - regen durch die lichtflecken springen, ohne scham rasierte beine an, die von der raren ekstase des klatschenden laufschritts getrieben, die wege verwundener windzungen nach vordächern hin, mit tropfhänden absuchen und nur risse finden, wie wir, in der geschlossenen wolkendecke, wenn der regen und überkommene kleider, auf wäscheleinen gehängt, durchnässen einander, nachdem sie durch zugewandtes walgen und kneten, befreit von ihrer begierde, gekniffen und gezogen, stramm hingespannt wurden; und im selben aufbäumen, aufwogen abrissen, wie die verbindungen der konservativen kraftwerke zu den herdplatten, ceranfeldern und induktionsherden, kommen uns entgegegen, laufen; metallglieder, maschinengefährte.
eine energiewende findet statt, wird stattfinden, wird stattgefunden haben und der regen im sommer fällt auf eine erinnerung zwischen häusern und bäumen in die lichbefleckten straßen, die sich nach baustellen sehnen, um dem haus zu entwachsen und etwas neues zu machen.

findest du nicht, dass es auch ein schöner tag ist, wenn die sonne dir rot rosarot auf das gesicht scheint und die stadt minos eleonorenhain klaffer nach dem schmutz riecht, der sich auf dem teer und mit dem wind in den ecken tummelt und vielleicht junge knospen sprießen, wie schimmernde schlechtere wörter in die sprache der neubauten hinein oder wie trockenes laub, durch ein vakuum vom baum gefallen in maximaler geschwindigkeit um den kopf weht wie das gute beste adhs-gebretter, auf das wir uns schon den ganzen tag freuen, nur als eindruck und ohne weitere gedanken dazu, mild, weil es doch auch ein bisschen schön ist und sein muss, was wir machen #dream #equals #reality einfach so, weitermachen, nachdem wir gefallen sind, in die straßen, wie regen; schön, wenn es wahr wird.

die vögel kreisen, die vögel sitzen auf den dächern.
schrumpfen im gegenlicht und anwachsen, wenn sie sich nähern, werfen sie schatten ab, auf die obergeschosse und dächer, den boden.
von hier aus liegen die baustellen hinter den häusern der nähern umgebung.
kräne stehen am boden, in resten und dem schutt gesagter wörter. angenommen wir könnten unsere eigenen häuser verlassen und spaziergänge machen, sagt Ich, wie leicht würde es uns fallen, selbst in die kräne zu steigen und gewichte zu heben, die so schön sind, dass sie uns immer schon mit der drohung anschauen, uns zu vernichten.
gewichte zu heben und damit neue häuser zu bauen:
von irgendwoher sagt es, es lohne sich nicht, weil die neubauten immer nur halbreiche bewohnen, prekäre eliten, mit einer hand im feuer der bank ziehen kreise.
wir sagen uns, wir sollen sitzen und auch sitzen bleiben, wir sagen uns beloved be the ones who sit down. beloved be the ones who sit down - - - auf stühlen die mit holz beschrieben sind und mit glas und metall; oder neubauten die nylon oder carbon heißen; und wir warten, bis sie einmal veralten, verfallen und bewohnbar werden und wir darin sitzen und auf die häuser schauen, aus sprache, in der nähern umgebung; und dahinter sehen wir kräne und hören die geräusche der baustellen, die witterung naturkatastrophen und kriege, immer nur simulieren.

freundin freund
fremder feind,
freundin freund
fremde feind
schwankt es metall auf metall. hin und her, hin und her in
unseren augen, die ihr einen blick dafür wünschen, nicht im
bewusstsein aufgewachsen zu sein, etwas besondres zu sein;
dass nicht ein ganzer platz angelegt und sägespäne um
verteilt worden wäre, gelb in der sonne, wie das licht
halbvergessener küchen. es hätte so vieles erleichtert.
fremde feindin freundin freund.
der schaukel scheint klar zu sein, glauben wir und setzen
unsere lippen ans glas und trinken einen schluck, dass man
sie an die ketten einer spielplatzvorstellung von höhe und
fortschritt gehängt hat, metall auf metall, deren höhe sie
nicht erreichen kann, ohne sich zu überschlagen; der
bewegung zu einem scheitelpunkt hin, an dem sie ganz
leicht wird und von dem aus sie nur noch fallen kann,
zurück, in die schwere ketamintiefe einer kindlichen angst
davor, nichts besonderes zu sein, nichts wert zu sein, nichts.
feind freund fremder freundin.
schmutzerinnerungen an die herkunft eines gerüstes, um
das man willkürlich sägespäne verteilt hat, wie kalk, lässt
redselig bachschäumen, sie, rauschhaft und redselig
bachschäumen und softdrinks über der regennassen straße
klirren glas auf glas als warnungen an uns selbst.
aber wir haben mit den besseren wörtern längst die
hoffnung verloren und sind versunken darin, zu glauben,
dass die schaukel immer nur in einer art schwankt, uns zu
betrachten:
fremder feind freundin freund fremder feindin freundin
freund fremde feind freundin freund fremder freundin feind
freund fremder feindin

es hat sich in den straßenecken getummelt, zusammen mit dem, was man vor einigen jahren noch schmutz genannt hat, kot, erde, unrat.

die plakate, planen und poster sind aus ihren halterungen gerissen oder dort zerfetzt, wo sie nicht haben loslassen können. die gerüststützen klappern und haben ein altes, gelbes haus umstellt, dem wir begegnen, das metallblumen unter den hüllen verdeckt hält und die spuren der hände, die sie bemalt haben, um konturen und schatten und risse zu flicken - wie make up.

manchmal hören wir es in den medien rauschen, von den grenzen her, die zuerst physische sind, dann sprachliche, dann soziale, geistige und wieder physische unter geänderten vorzeichen.

manchmal fällt es uns schwer das alles zu verstehen, so wie wir hier sitzen, geschweige denn richtig: den zusammenhang zwischen a) etwas das zusammengedrängt ist; etwas das umstellt wird; etwas das grenzen überschreitet; etwas das die schatten und risse schminkt

und

b) der tatsache, dass wir beim spazierengehen an orten vorbeikommen, an deren stelle vorher ein haus stand, jetzt schutt liegt und kein haus steht und bald wieder ein haus stehen wird, unter geänderten vorzeichen.

man kann dem szenecafe gegenüber also unterschiedlicher meinung sein, indem man a) darin sitzt oder b) davor steht oder c) daran vorübergeht.
also a) umgeben vom röstaroma, das sich die ganze straße hoch- und runter und uns hinanzieht, wie im märchen vom schlaraffenland; also im wind und in den anlegern von wind, die feineren teerstraßen entlang, auf die neu verglaste fenster schauen, mit neuer umweltschonender dichtung, für die uns das geld fehlt. die geistige vorbereitung auf ein leben in der edelplatte am wasser, das den beißenden geruch, der vor sich hinglimmenden lippen aus den aschenbechern am bahnhof nicht kennt, mit dem wir neonherzen an die wände einer fabrik für elektronische träume malen, #simulation von der unsere eitelkeit schon seit langem nicht mehr profitiert. wir sitzen und werden mit jedem schluck kleiner und kleiner, und mit jedem tropfen glas sinken wir weiter zwischen die stofflippen der sofas und gleiten einen weiteren rachen hinab, fallen #cyberreality in die stadt unter der stadt unter der stadt, in der nichts mehr stimmt, nichts mehr uns etwas sagt; es übersteigt c) die grenzen unserer vorbildung uns über die bitterstoffe gewaltsam ausgerissener zungen zu unterhalten, auf europäischer ebene, in einer vielzahl von metall auf metall; viel später im jahr und weiß auf weiß klirren löffel und teller auf glas in der stadt unter der stadt unter der stadt: hier unten sind wir alle verrückt! und alle rücken wir einen platz weiter ans fenster; von dem aus wir unsere tischgesellschaft gleichzeitig lieben und hassen, setz dich, setz dich, wir feiern, sie loszuwerden versuchen; die anaphylaktische reaktion, den diäten gegenüber, die ;uns festhalten; die ;abführen, ja; die flat-white tatsächlich für mehr halten, als eine distinktion in ästhetischen fragen.

wenn sich auf der einen seite was einzeckt, könnte man denken, zeckt es sich auf der anderen auch wieder aus. metall auf metall. vielleicht fällt es damit leichter, sich unsere übertriebene angst beim betreten der kneipen vorzustellen, die sich inmitten der häuserreihen befinden, wenn man die wände hinabschaut, die geschlossen wirken, wie eine masse von menschen auf demonstrationen – im straßenkampf auf der einen oder anderen seite.
das movieposter an der eckkneipe, das szenen aus unserem viertel zeigt, weiß davon und verliert immer mehr farbe, so lange die filme nicht wechseln. und während uns die normalen dramaturgien immer wieder neue verrückte, wunderbare, verblüffende, schockierende, mitreißende geschichten erzählen und die schlechten dramaturgien behaupten, es ginge um die ablösung von den üblichen erzählerischen strukturen, die uns glauben lassen, für alles bräuchte man einen konflikt, und eine wendung, für alles gebe es, nicht nur ein happy, sondern überhaupt ein ende, die uns glauben lassen, geschlossenheit! sei nicht nur möglich, sondern im allgemeinen erreichbar; während all das geschieht, bleibt das movieposter unbewegt an der eckkneipe, zeigt szenen aus dem viertel und bleicht langsam aus.
und wenn man daran vorbei geht, nötigt es uns dazu uns zu fragen, ob wir nicht wirklich in allem maßlos übertreiben – und aus den vielleicht falschen gründen.
als teil einer prekär gewesenen, hin zu einer prekär gewordenen unterhaltungsindustrie hat es sich eingezeckt wunschkaiserschnitte zu kultivieren und hat es sich ausgezeckt in die kneipen zu gehen, die sich in den mitten der häuserreihen befinden, die unbequem sind. was gar nicht falsch ist, aber eben trügerisch sein kann.

vielleicht interessieren wir uns nicht mehr für die bilder, die uns nichts angehen, weil sie uns nicht irritieren.
irgendwo die politischen plakate halten mit ihnen die straßen besetzt, oder erheben zumindest einen anspruch darauf und irritieren uns nicht. und wir sehen die litfaßsäulen und stromkästen ;die werbung machen im innern und äußern, für veranstaltungen, oder für die eine oder andere agenda, die selbst nichts ist, als eine ästhetische frage.
und im neonrauschen, weiß auf weiß, ist für jeden der will, leicht einzusehen, dass die unwahrscheinlichkeit von sprache überhaupt, dass die komplexität ihres gelingens, dass der anspruch von effizienz in rationalisierten betriebsabläufen sich nicht ohne starke bilder auf den spielplatz der affekte beziehen kann, der im zentrum unseres viertels steht – egal wo man wohnt. egal wo man wohnt.
datenberge abfallen glitchlawinen in unsere augen mit dem anspruch neue ansichten zu sein, wie postmoderner ökobrutalismus ;die bunker; in apricot statt in grün. und hängen über der bahnhaltestelle, die schienen in fabriken führt und an fließbänder, die ampeln tragen und auf grün schalten, auf gelb, auf rot.
oder vor der universität, wo sie sich leichter erlauben können zu irritieren, zu begeistern, zu verzaubern, zu faszinieren mit neuem; und fragen stellen nach einem ästhetischen scherbenhaufen, der sich um den stein am kiosk sammelt und der glas auf glas in die besseren wörter schmilzt ebenso ;mit einiger weitsicht; zu weltinnenraum wie zu psychogramm, durée oder hyperlinklabyrinthe, um einmal etwas neues zu sagen, egal was, oder immer wieder das gleiche, in anderen worten, für eine andere zeit.

die vögel über der stadt drehen kreise, drehen kreise; drehen kreise über der straße, die viel befahren ist und immer war.
die vögel fliegen im schwarm; es sind tauben.
über der vielbefahrenen straße drehen die tauben ihre kreise zwischen den häusern, im sturzflug, im steigen; bevor sie abrupt ihre meinungen ändern und sich teilen und auf dem selben dach landen und die kreuzung in einen zustand versetzen, der etwas im affekt gellen hört, das vorgegangen sein muss, als wäre ein apfel, vom baum aus, rot, rot, auf die straße geschlagen und aufgebrochen; der lärm, wenn sie aufgescheucht auffliegen und danach fragen, was immer gleich bleibt; in den binärträumen ihrer ahnung eines zerfließens rot, rot, von grenzen, dioden entlang;
aber die tauben verlassen die stadt nicht, auch nicht, wenn es herbst wird und die anderen vögel sich in pfeilzeigern über polygonfelder bewegen, und sich auf einen punkt richten der irgendwo außerhalb, hinter der stadt, liegt in richtung der allgemeinen struktur solcher zeichen etwas, in dem wir als form wiedererkennen, was eine imitation auf bildschirmen ist; und die ampel springt auf grün, auf rot, womit standortregister bewegungen diktieren, feldlinien entlang;
und massen durch magnetfelder marschieren, dort, wo wir einen inhalt unterstellen, der außerhalb unserer reichweite liegt und mit dem fall des apfels etwas überschreitet, das unsere zustimmung findet oder nicht findet. die ampel springt auf rot auf grün auf rot, die vögel wechseln abrupt ihre richtung, alles bleibt in einem zustand, der sich selbst am ähnlichsten ist, während sich ununterbrochen alles verändert, vorwärtsgeht, sich zurückzieht, von einem ins andere verhandlungen führt. wie? wenn die feldlinien ihre

wirkung verlieren? wie? wenn die tauben über der vielbefahrenen straße auf einmal beginnen nach süden zu fliegen? wie? wenn der sündenfall sich zuletzt nicht ereignet hat und der apfel am baum bleibt, weil keine bewegung mehr existiert, wenn sich folglich auch nichts mehr verändert, weil alles zwischen den ampeln, rot, grün, rot, vorhersehbar ist?

die stelle die anzeigt, dass der wind über der kreuzung sich am apfelbaum vergangen hat schreit; die stelle an der man den sündenfall, wie die besseren wörter es sagen, erkennen kann; die stelle von der aus man wegen seiner gewalt die orte nicht sehen kann, wo der regen auf die straßen der stadt niedergeht, auf die automobile… die stelle ist in den augen vieler auch der ort, der anzeigt, dass eine verletzung stattgefunden, dass die bildung einer wunde stattgefunden, dass die scham über eine verwundung stattgefunden hat, von der aus man sich einen besseren umgang wünscht. und nicht sagt, dass an einer stelle etwas fehlt, das normalerweise vorhanden sei ;jetzt oder damals; was in besseren wörtern *wunde* genannt wird laufen lernen sprechen und lesen, wogegen wir uns mit aller gewalt wehren.
wir sehen die stelle an der die wunde sich im baum langsam verfestigt, eine ovale form bildet und wir wissen um die samtigen wiesen und weiden ;pferde; an der öffnung aus der das warme harz sickert, sich in das holz legt und die wunde reinigt, bevor ein rhythmus eindringt, freundin freund fremde feind, freundin freund fremder feind, in den übergang, zwischen die jahreszeiten.

wenn die sonne untergeht, rot rosarot, und die vögel auf jagd sind.
aber jetzt ist es erst kurz nach mittag, rosarot weiß, und der hunger ist immer noch groß und in den restaurants und parks sitzen die menschen, die kommen und gehen, während das viertel ;und seine gebäude; mit großer wahrscheinlichkeit bleibt.
vielleicht tatsächlich die frage, ob es uns das überleben der dinge erleichtert.
#simulation

gefallen haben sich die laubwege zwischen hinnahme und auflehnung in unseren straßen verteilt. weil die blätter nicht haben einsehen wollen dass z.b. lesen nicht automatisch ein kritisches, sondern ein denken mit fremden worten bedeutet solange es nicht goldene schlüssel für türen feilt, zu räumen, die wir bisher noch nicht kannten, legen sie ihre trockenen überreste an die ränder und stöbern auf, wenn lastenräder vorbeifahren, die nichts mit dem fetisch zu tun haben wollen, etwas nicht zu ertragen; die als einzigen rat immer nur haben: ja, so, ich habe es mir noch einmal schwerer gemacht, damit ich das leichtere besser ertrage nein-sagen mitten in eine allgemeine zustimmung hinein. ein misstrauen gegen uns, im wind den wir bohème nennen, und es von den anderen erwarten, wenn sie nicht unserer meinung sind und herab vom baum worte fallen, vom neonschild worte fallen, vom turm am kamm worte fallen, auf die eine oder andere seite. wenn uns die lastenräder passieren und das scherbengemurmel von einer trägheit spricht, die nicht erst geworden ist, sondern in ihrer tatkraft schon da war. aufstäuben bilder affekte wie kieswege in die blauen augen der spielpätze und den blauen atem zwischen den baumkronen der allee sehen und hinterfragen wir spurstreifen ;als gedächtnis; auf nassem asphalt, ihrem überrollt-werden von besseren wörtern, die wir so einfach verstehn ;wir sitzen; im gegensatz zu den baustellen, ihrem beharrlichen abreißen, ihren gräben; spalte, in den boden geschnitten mit einer kreissäge aus glanzlosem diamant. wodurch alles so in unordnung gerät, wie eine sprache, die sich nicht mitteilt, weil sie sich auf gar nichts mehr bezieht #liquidation #fragmentedreality weil es nicht in unser skillset gehört zu wehen, bleibt uns unerschlossen, was es wirklich heißt, baum zu sein. wie?

weil die klaren gedanken in den büchern die gedanken anderer sind, die uns entsprechen, bleibt uns unerschlossen, was es heißt selbst zu denken, sodass die laubwege im herbst zwischen hinnahme und auflehnung immer breiter werden und uns immer stärker an sich heranzwingen wollen.
verneinen wir wehren uns. so lange wir können. bis es uns nichts mehr angeht.

wir stellen einen rätselhaften satz an den anfang unseres scheiterns, so lange wir an etwas sitzen wonach keiner gefragt hat, wie die anoden und katoden nach der spannung zwischen glas und glas fragen, und so lange wir sitzen und scheitern, akzeptieren wir unser scheitern, im gegensatz zu solchen, die nicht und nie den versuch gemacht haben zu scheitern aus der angst davor zu scheitern; die aber auch nie zufrieden waren damit, nicht zu scheitern, und ihre gedanken bei sich und bei dem haben wonach keiner jemals gefragt hat; die von den räumen die räume nicht sehen, die das messer von ihnen abgetrennt hat ;und für die die schlüssel immer noch fehlen; und die sich mit den sinnsprüchen auf den wänden und der, wie die besseren wörter sagen, freiheit von etwas abgeben, was ein lifestyle mit sich bringt, nach dem offiziell keiner gefragt hat. wir folgen den lastenrädern mit augen, wie dem weißen feld der felder und verzetteln uns damit zu denken es müsse umgekehrt sein, erst die arbeit und dann das vergnügen und fassaden tropfen vom neon, so shiny, so glamorous, schimmern die schlüssel wofür sich eine begeisterung eingezeckt hat, noch im ersten rätselhaften satz unseres scheiterns. und wir trinken an ihm wie an regen, nachdem wir gallonen salzwasser geschluckt haben.

vielleicht verbreiten sich die blätter der magnolie im herbst, den wir lieben, vielleicht schon im sommer, in dem wir uns lieben oder im frühjahr, in dem wir lernen uns zu lieben, und unters mikroskop legen; was bei den besseren wörtern eifersucht heißt oder neid.
unsere ;fast philosophische; zuneigung zueinander, zwischen den zeichen, uns und den dingen, die uns zusammenhalten, hört weit entfernt eine stimme rufen wie Damals und denkt an die irrenanstalt, wie an einen traum. darin geht der wind mit einem korb im arm durch die straßen und ruft namen und verteilt blätter, verteilt und verteilt, man hätte beinahe vergessen, wie es sich anfühlt, wenn etwas so schönes herabfällt, wie tropfen aus salzglas auf wartende wagen. wir folgen dem samt unserer hyperlinklabyrinthe wie dem weißen fell der felder an orte aus glas geschliffener häuser, wir häuser. und der wind sagt uns die magnolienblätter aus dem yì jīng her, bereitet die straßen, säumt sie mit orakelworten, durch die wir immer nur in uns selbst lesen. unsere prophetischen gaben, zu träumen, wie alles sein wird, in den dunklen orten, die sich unseren augen und blicken entziehen, weht er, geschmückt mit kränzen aus trockenen blumen und dem trost in seinen händen im korb; weiß rosarot; das zucken der straßenbeleuchtung sei genauso ein teil davon, wenn wir unser selbstdenken denken und dabei zu nichts kommen als dem, was uns die eifersucht zeigt: der ablehnung, der missgunst, der wut, der enttäuschung, wenn wir etwas gegenüberstehen, das so neu ist und ungewöhnlich, dass wir die orientierung verlieren.
wir haben eine rein philosophische zuneigung dazu, dass sowohl a) als auch b) sich die zungen damit belegen wir hätten mit unseren ungeteilten ansichten einfluss auf die

physikalischen abläufe, sodass wir uns vorstellen, es werde frühling und die kirschblüten sprießen, weiß rosarot und das nylon glänzt rosarot rot.
die last-minute-reisen unserer worte, die grenzen übertreten, wie jetzt ;abends; das licht die fenster unseres viertels, wo sich die rechteckigen häuser an häuser reihen und klein gewordene menschen wie halbleiter zu bett gehen, aufwachen, rechnen, zu bett gehen, aufwachen, rechnen während wir gemeinsam die blätter der magnolie betrachten, die der wind in die straßen gesäumt hat, wie unsere zuneigung zueinander, von blatt

zu blatt

zu blatt

zu blatt

die sich zueinander verhaltensweisen in eine richtung gerichteter sitzbänke am eck, bereitet schwierigkeiten auf verschiedenen ebenen. in a) einer entfernten draufsicht auf die platanen, die in einer allee stehen und undeutlich nuscheln, dass man ein besseres leben gehabt haben könnte, an anderen orten, besseren, schöneren, bedeutenderen b) ihrem verhältnis zu den zikaden, wenn sie nachts pfeifen und singen und uns klar wird, dass geräusche etwas von einer anderen gewissheit nie ganz verloren haben, also an etwas teilnehmen, das uns ein wenig angst macht und eben schön ist, weil es aus der unsichtbarkeit heraus droht, uns zu vernichten und wir dadurch glauben könnten, es gebe mehr als das, wovon die muckibuden, dioden und explosionen reden c) den kämmen und glätteisen im friseurladen auf den die bank gerichtet ist, in einseitiger perspektive und dass man sich immer leicht lustig darüber macht, weil sie ihren ort nie verlassen und betonblicke aus füßen entwickelt hat, die mit alternativlosen energien korrelieren – in der gesellschaft und anderswo. und sehen nicht und hören nicht, dass auch der bank eine litfaßsäule im kreuz sitzt, auf der es um ein lächeln geht und eine gute frisur, ums blätterflirren der sonne und um moralisch intakten erfolg. und dass ihr blick genauso auf die graffiti gerichtet ist, vor ihr.
die sich zueinander verhaltensweisen einfach getriggerter sehnsüchte, dem versagensgefühl eines kindes entgegen, das laufen lernen muss und sprechen und lesen. das stigma einiger phantasien aus glas bereitet uns vielleicht auch nur deswegen schwierigkeiten, weil wir immer noch an eine entsprechung glauben, eine auflösung vielleicht, ein zerfließen im allerlästigsten fall, oder eine erlösung dadurch, die wir nur in etwas ablegen müssten, das keine substanz

hat, um zwar nicht glücklich, aber vielleicht weniger manisch zu sein, vielleicht einen bauchraum aus bewusstsein zwischen zug und bahnsteigkante, in den wir immerzu still atmen. ein und aus. ein und wieder aus. zur beruhigung. langsam ein.
und wieder aus.
und sitzen
und bleiben.

es ist manchmal und eigentlich meistens erschreckend, mit welcher oberflächlichkeit sie ihre diskussionen in gesten der selbstwerdung, Ich-werdung umwenden, pastellfarbene softdrinks im glas schlürfen, und die graffiti sich all dem auf die allerbeste aller weisen entziehen, indem sie nicht eigentlich sprache sind und auch nicht nur bild.

rot weiß rot das sich nicht ausgesucht hat zu sein wo es ist, an den orten, wo wir aufgeschnittene teerbäuche sehen, und kabel und drähte hineingesteckt haben, im zuge der digitalisierung, der dörfer und städte.
rot weiß rot. es ist so unglaubwürdig, weil heute auch die heilkunst als metapher für den staat, halbdurchsichtig geworden, vom messer zu reden begonnen hat, das eins teil ist, eins ganz, eins, eins.
es wäre illusionär zu glauben, dass die dinge nicht nach und nach allem hinterherfließen, in einer art delay, in dem alles vom binärcode in seine teile zerschnitten und neu zusammengefügt worden ist; wie? im gedächtnisschema einer anderen ordnung. und wir vergessen die pointe, sobald wir versuchen zu sprechen wie drohnen: die die längste zeit unsichtbar sind, aber wir hören, dass etwas über uns schwebt;  wir, die wir angeblich das sind, was wirklich ist, #simulation, was nichts ist, als ein junger aberglaube, im rahmen der neuhäuser und dioden, seitdem wir das versprechen der getrockneten blumen zuerst nicht gelernt haben. dabei ist es wahrscheinlich genau so falsch wie das gegenteil zu behaupten.
rot weiß rosarot, in den besseren worten, verschwimmen die rücklichter der scooter im spätnebel und die kanäle laufen voll wasser wenn wir die straßen betreten. aber wir glauben vielleicht nicht daran.
die lichter der straßenlaternen glimmen über die stadt hinaus, obwohl sie ihre blicke nach unten auf die teerstraßen richten, wie scheinwerfer in operationssälen; aber selbst die sind nicht mehr teil davon, soweit sie nicht hinter etwas versteckt liegen, das glas ist. wir wollen hineinfallen ;nachdem wir zerfließen; und dafür werden wir auch belohnt. weil der beton, in dem alle diese leitungen

sich befinden, weil der straßenbau, der sie versteckt wie make-up, weil das ganze viertel eines ist, das sich in einer art auflösung befindet und nur von ein paar dingen zusammengehalten wird; auf einmal werden unsere ansichten plausibel, und zwar so: #microchipping: womit wir den begriff der flurbereinigung mit etwas in verbindung bringen, das hier genauso vorhanden ist, wie der begriff der kultur; einer entwicklung, die das messer zur notwendigen bedingung hat, das schneidet, alles, in teile und teile von teilen.

unsere viertel zerfallen. in viertel und viertel und viertel und viertel. in viertel von vierteln. in viertel von vierteln. in viertel von vierteln von vierteln von vierteln die zeit der großen politik ist vorbei, sagen die plakate an den laternen. und ja, sagen sie am institut, die zeit der größten politik hat gerade erst begonnen. das ist auch ein teil davon. sezessionen, und sezessionen von sezession. und se..., aber es ist schnell klar, in welche richtung sich diese bilder entwickeln. und wir wissen, dass sich der fokus unter keinen umständen mehr auf etwas anderes hin verschiebt, als das gute leben durch klapphandies, blockchains, weiße sneaker und würfel. das wissen wir. wer anders denkt geht freiwillig in die irrenanstalt, oder auf demos für alternative energien, in der gesellschaft und anderswo. wo befinden wir uns, wo sind wir noch vorhanden? werkzeuge und die kombination und die werkzeugkombination von straßen und namen die in irgendeine sprache münden und grenzen ziehen, wo ohne sie keine wären, solange sie sich zum meer hin entwickeln, wie das wesen unserer eurozentristischen sprachen zum abstrakten und abstraktesten an den rändern des sagbaren, die sich im anderen atem für etwas #reality wirkliches halten. darüber hinaus gibt es für uns nur ein paar dinge und objekte, die alles zusammenhalten, weil alle sie kennen, im gegensatz zu den schleichwegen der übersetzung, die etwas so unwahrscheinliches ist, dass man damit immer einen raubbau begeht und das vertrauen in die besseren wörter verliert.

jetzt, nachdem das viertel ins viertel gezogen ist, in das alle gezogen sind, in dem wir jetzt allein sind, hat es sich vorgenommen sich neu zu erfinden. an den häusern, den clubs und in den parks und in den restaurants, den imbissbuden und an den vielbefahrenen straßen und an den vierteln die das viertel umgeben, für die das viertel sich hat neu erfinden wollen
und müssen. bis das viertel eine ahnung beschleicht, dass es immer wieder die gleiche erfahrung mit sich macht, in die selbe situation kommt, unruhig wird und dann träge, hat es nie lang gedauert und das viertel wollte die situation, wie sie war, letztendlich immer verlassen, auf der suche nach #dream #equals #reality.
das viertel zieht von viertel zu viertel, um die richtigen viertel zu kennen und um sich neu zu erfinden, auf der suche nach häusern, die das viertel sich anziehen kann, und es ihm leichter machen, sich zuhause zu fühlen oder wenigstens nicht ganz so allein; und der boden würde aufgeschnitten werden, und die häuser und hauseingänge gestrichen; und läden sich ändern, im viertel über sich selbst.
für das viertel waren das neuigkeiten, die genauso gut alte sein konnten und die waren, wie die ideen von den plakaten am institut der akademie, die seit einiger zeit schon für einen bildungsstandart sorgte und die man jetzt *uni* nannte, eins, weil sie immer noch jung war. #drowning.
aber dass es am ende nie als das herauskam, was es in der vorstellung war, wenn es zog wohin es zog; womit das viertel sich nicht abfinden konnte und auch nicht abfinden wollte; war eine erfahrung, die das viertel immer wieder machte, und wofür es preiswertere formulierungen gab, als straßenkampf oder softdrinks. #cyberreality #equals

#reality #equals #liqudation und auch das wiederholte sich dann immer wieder, von app zu app, und das viertel zog weiter.

grün auf rot auf grün folgt uns das moos der mauern immer in seine verantwortungstiraden, uns und seinen schattenflecken gegenüber, für die es immer genau so viel zeit und genau so wenig zeit hat, dass es für niemanden genug ist weil nicht genug zeit ist weil immer so viel zu tun und es immer zu spät ist und uns immer an sich zieht hinter die polygongitter und zaunraster tabellen setzt klinker auf klinker der mauern und sich nach kommata sehnt im weißen fell der felder wie nach zement, bis zur lähmung. es verliert etwas am stein und in den hinterhöfen unter den bäumen und verliert etwas in den undurchsichtigen doppelten ansprüchen der fenster eines vans der kommunikationsgesellschaft, und verliert etwas in all den versuchen das chaos mit regeln über die backsteintabellen, natursteintabellen der mauern, mit listen und einer art interpunktion einzudämmen #liquidation von der aus das moos auf den steinen in den halbleitern ihrer zuneigung kann man beobachten wie sie wirklich und keiner sonst außer ihnen kann das glauben dass viel reden und viel erklären nicht aufdringlicher ist als zugewandt nett erklärbereit gesprächsgewollt und beschäftigt zu sein stein auf stein und so weiter, weshalb wir das moos grün auf rot so verabschätzen lernen, kurz nur, indem es uns mit seiner art sich in die schattenstellen zu drängen eigentlich selbst all die verachtung auflegt ;wie make-up; um einen zustand ihrer kindheit herzustellen, sagen die besseren wörter, der es für sich selbst in das raster der steine fast schneidet mit draht bricht fast erbricht und seinen hang sich zu vergiften die toilette hinabspült... und man würde gern sagen, und man würde gern diese ganzen schwindelerregungen und die orientierungslosigkeit...
aber dann eben auch wieder nicht und lässt es dann sein, so

lange unser wohlwollen auf distanz gehen kann, sich in die sonne stellen, sich wärmen, an einem ort, wo das moos safe vertrocknet und wir ohne uns nach den grobheiten umzuschauen glasfinger an rauen oberflächen entlangfahren und schaudern, in gedanken an das untrügerische gefühl es wäre auch für das moos besser, hier nicht länger vorhanden zu sein.

als kritik getarnte sorge; hat man in die besten aller hinterhöfe eine badewanne gestellt und gefragt, ob man noch lebe. lebst du noch,... die gießkannen füllen den regen und die beete, die sich noch in den boden getraut haben, klopfen, mit erdbeeren, kohlrabi, karotten; die erde, das holz der gewächshäuser und obstbäume, an die tür, die nichts von der halben stunde wissen kann, die es bei der badewanne immer gedauert hat. bis eine erinnerung eine andere ablösen musste, hat sich aus der zweckmäßigkeit einer erntefolge das beet jeweils anders für jemand anders ergeben, der sagt: nein, das war nicht so oder quatsch, so muss das nicht sein. es einsinken lassen, wie ranken von waschbetonplatten aus, um die, und in die volle badewanne hinein, in der sich wasserläufer tummeln und bienen ertrinken, um nicht an der oberfläche der sätze zu bleiben..., oder... etwas das man verstehen nennt und von dem wir besessen sind, bis zur lähmung. ..., oder... die wendung der väterlichen stimme, ob man sich schon aufgelöst habe,..., oder hast du dich schon aufgelöst?... oder bist du in der badewanne ertrunken?... am ende der ernte. #surrealism
wenn man sich die früchte genauer ansieht, die im garten auf allen ebenen wachsen können, also in, auf und über der erde, genießt man nichts weniger, als erkannt, anerkannt, gewertschätzt zu sein; aber wir fehldeuten als kritik, was in stärke vorgebrachte sorge war und übersehen leicht den punkt an dem wir erinnerungen, die uns als individuen ausmachen und isolieren, einer gemeinschaft wegen entwurzeln, einer, die bis zum rand gefüllt ist und auf gießkannen wartet.

das geräusch der autotür in der nacht hat sich etabliert. wir können es darin schlagen hören, wilde tierherzen, auf die ;in abgelegenen straßen; zu treffen man fürchtet. und fragt sich, vom bett aus, ob es auch anders ginge, ob es immer mit gewalt und verletzungen angehen muss, gegen die zikaden und immer mit gewalt gegen die stille.
obwohl man schon weiß, dass es dabei nicht um eine entscheidung geht, sondern um die natur einer sache, die sich etabliert.

wir haben es uns leicht gemacht mit den geistern, die sich im zucken der straßenlaterne am parkeingang einen anhaltspunkt nehmen. es gibt sie nicht, es gibt sie nicht, es darf sie nicht geben.
dabei ist es weniger eine vernunftsache und das ;ein bisschen zu klare; gefühl einer unsichtbaren bedrohung angst panik. die gewissheit der nacht darüber, in einem leeren raum nicht ganz alleine zu sein und angeschaut zu werden, durch das rote kapilargeflecht am ufer unterirdischer salzwasserseen.
gestalten, gesichter hinter dem natriumdampf lange verlorener ansichten über uns selbst und #haunting fremder bekannter, die durchs licht huschen, manchmal als schatten, manchmal aber als molekülverbindungen in einer art intimer berührung. es gibt sie nicht, es darf sie nicht geben, aus vernunftgründen, die sie von uns fernhalten.
und die naturwissenschaften können von der laterne und dem wabern darunter auch nichts weiter sagen, als dass sich die übernatürlichen phänomene mit den interferenzen magnetischer feldlinien verbinden; dass diese zwar mit jedem tag mehr werden, mit jedem tag mehr, aber.
für uns ist das vielleicht trost, aber kein argument gegen sie und ihre augen, die sich in den spalt unserer ahnungen zwischen zug und bahnsteigkante schleichen, bei nacht, wenn wir beim einschlafen zucken; böse geister aus den randzonen der atomversuche und reaktorunfälle zu uns kommen ;#drowning in den sirenen; wie zu kindern die keine vernunftgründe haben, sagen die besseren wörter.
ionisierte lufträume leuchten ;neon; den trauernden seelen der toten, den halluzinationen von bildern in besseren wörtern, die uns nichts angehn. oder hände die von der anderen seite der magnetischen felder aus eingreifen, um zu

zeigen, dass sie doch da sind, wenn wir allein sind und beim einschlafen arber werden.
das rauschen unserer schritte im licht der laterne, sagt eine stimme, könne den stillstand der straßen gerade wegen des spaltes ;dünn wie ein haarriss; in ihrem gewissen so schlecht ertragen. und an der haltung der laterne war für uns alle leicht zu erkennen, dass etwas in ihr vorgegangen war, als sie in ihr zucken hinein sagte, dass man es hier ja wirklich nicht ganz so schlecht habe, würde man nicht immer wieder heimgesucht werden von diesem spalt eines vergehens zwischen zug und bahnsteigkante.

dann: gone baby gone, weil wir es lieben ein bisschen unachtsam und ein bisschen cool und ein bisschen durch zu sein; ein bisschen druff, und ein bisschen mehr manchmal, weil es einfach auch ein bisschen spaß machen muss und manchmal eine ahnung, von wo aus wir wissen, wie der club seine türen schließt, am morgen, am abend. aus freude! glitschige nylonseiden glimmen fahle fahnen und moving heads tropfen und stroboskope sich lichten, und mit klarnamen unterschreiben fleischmassen register. adhs-gebretter und minimalbewegungen auf den serotonin-rutschen hinauf und hinab und hinauf, einem unruhigen schlaf, bis der boden über die gliedmaßen verteilt schreit, kiefernsperren und zahnklingen im rauch blinzeln, ein letztes mal, vor den sirenen, den gefesselten armen, der ohnmacht.

uns ist schon klar, dass man sich genausowenig für oder gegen eine sucht entscheidet, wie für oder gegen die eigene mutter; aber wir fühlen die dinge enttäuschtsein, dass wir kommen und sie berauben, weil wir selbst glauben, dass wir beraubt sind;
mit der oberflächlichen erklärung sie hätten uns eingeladen. mit dem gefühl es wäre verdient, aus egal was für willkürlichen gründen; als wäre es tatsächlich kein suchtverhalten, mit dem wir uns alles mögliche anzueignen gestatten spülen wir ;bachschaum; die dinge, die dinge, die dinge, die dinge, die uns zusammenhalten, in uns hinein.
sie bleiben dabei still auf ihrem platz sitzen, streiten nicht, schreien nicht, warten auf uns, mit einer geduld für die wir nur unsere fingerspitzen aus glas und samt übrig haben, die gesprungen sind. das rauschen, rauschen der weitläufigen landschaften in uns, die wir schon kennen; von dem aus wir weiterschieben in den loop in den loop und ins neonleuchten der vergessenskultur unserer parties, wo wir einander versenken, goldene steige entlang steine zerstäuben und seltene salze.
die dinge bleiben still sitzen, sehen uns an, lachen bitter, im geschmack, der sich von den stirnhöhlen aus, den gaumen und den hals hinabzieht, limonaden gießen, über unsere kleinen lügen, für die wir uns schämen, aber nur kurz, weil der lauf des bachschaums in die täler unserer mängelwesenschaft strömt.
uns ist schon klar, dass wir uns genausowenig für oder gegen eine sucht entschieden haben, deren hintergründe wir nicht kennen, aber an den straßenrändern und auf den wiesen im park und den verkehrsinseln wächst roggen, und die kinder laufen daran vorüber, spielen, in den worten halbwachsener pflanzen, gebrochen von fingern aus glas. sie liegen immer

zu zweien auf den floßtüchern im park und schmelzende sonnenflecken lachen auf, beim gedanken an franz von assisis predigt an die vögel: der herr gab euch zu fliegen wohin ihr auch wollt, ihr sähet nicht und ihr erntet nicht, es nährt euch der herr, und obwohl ihr weder webt noch spinnt, kleidet der herr euch und eure kinder.

wir begegnen ihm wieder. wir in den hinterhöfen, wir in der stadt. um ihn her schnitt man die straßen auf. es fiel regen. in den ritzen setzte er moos an. es war schon klar, dass es ein leben war, für das er sich nicht entschieden hatte, aber er dachte auch nicht mehr über ein anderes nach. womit er immer stärker in clinch zu den mechanismen geriet: des zündschlüssels, des anlassers, der hydraulikpumpe. die sich so weit entfernt hatten, dass ihnen für einander die sprache fehlte. für sie war es leicht gewesen zu sagen, dass sie sich sorgten. und für ihn, dass es zu anstrengend war ;oder zu spät; um etwas zu ändern.
und damit fiel der regen und damit setzte sich das moos an die scham blinder fenster, einer verwundbarkeit, die in die led-pfützen umher tropfte und dort zu rauschen begann, aus einer uneingestandenen und uneingestehbaren verletzung, und aus gefühlen von schuld.
und am schlimmsten war, dass man wirklich über nichts mehr mit ihm reden konnte, und am schlimmsten war, dass er versteckt hielt, was man ;aus sorge; an ihm kritisierte.
und unsere trauer rinnt bis heute leichtgängig über den lack, rot, und über das glas und die rinnsteine entlang, weil es so arrogant ist, ihm einen vorwurf zu machen.
und zuletzt wünschten wir uns vielleicht, dass er angefahren würde, von einer art weißen mercedes ;voller Gnaden; vielleicht, der ihm dann, auf dem weg in die klinik eine geschichte erzählt, von einer wundersamen heilung, indem ein faden durchgeschnitten würde, der ihn an orte geknüpft hat, für die er einen ersatz suchte in gefährt:innenschaften, die er an orte knüpfte, deren verbindung er nicht durchtrennen wollte. weil er nicht anders kann als er kann, ob er will oder nicht, sagte Ich. homöostase der niederungen, abgründe und täler in denen dadurch kein wind weht. am

ende wäre für alle wesentlich entspannter: wenn man den van der kommunikationsgesellschaft, der seit jahren an der ecke steht, lassen könnte, wie er ist, während sich um ihn herum alles veränderte.

das salzwasserleuchten der vormittage weiß, dass es nicht wahr sein muss, was wir sagen, wenn es uns rätsel aufgibt, indem es auf das dachfenster erst prasseln, dann klatschen will; es leuchtet auch ohne uns weiter, den himmel entlang und geht unter. und die tage werden kürzer, so gern wir alle einander auch haben.
für die heizkörper aus metall sind unsere gebäude nichts als ein rahmen, in dem die kreisbewegung ihrer antworten stattfinden kann, ohne ins leere zu laufen. und es stellt sich die frage, ob wir wirklich immer wieder das gleiche gesagt haben; um einen anderen atem für etwas im zentrum zu haben, das ungesagt bleiben will.
wir merken genau, dass es keinen zweck mehr hat, sich die zunge mit den fragen aus zeiten zu belegen, die noch nichts von diesen heizkreisläufen wussten. aber ihr verhältnis ist ähnlich zur wetterprognose die wir suchen, wenn wir mal zeit haben ins grüne zu fahren, wo wir in flussläufen baden; die naturbelassen sind
oder
renaturiert, wie das verhältnis zwischen dem, was auf fragen folgt, die das salzwasserleuchten uns stellt; nämlich:
a) eine lösung oder
b) eine antwort.
und man merkt, dass es einem schwer fällt, während der raserei und dem rauschen unserer umzüge kurz anzuhalten und hinauszuschauen auf die grünen dunkelbraunen gelben samtfelder ;mais und raps;
wir erkennen, dass eine antwort a) etwas über *uns* aussagt eine lösung b) aber etwas über *die sache* – die der kreislauf der heizsysteme sein kann oder die sexyness der hebel und dioden von mechanischen gefährten.
und irgendwo dahinter hindurchfließen unsere

vorstellungen von richtig und falsch bunte fassaden und fließen fluoreszierende algenhaare entlang, sehen jedes jahr eine stadt um die andere und setzen ihre schleichwege und abkürzungen unter fluten. wir sehen sie die haufen mit sich reißen, von ansichten, die wir produziert haben und als mikroplastik in einem meer landen, in dem sie sich absetzen; von dem aus der nebel aufsteigt, ins land zieht und sich #loop in unsere träume hinein ausregnet. wir sehen durch das salzwasserleuchten den morgen grauen, der uns fragen stellt; und wo unsere antworten immer die gleichen bleiben und zum ausgangspunkt zurückkehren, haben wir uns sehr wahrscheinlich nicht genug mühe gegeben, etwas zu verstehen oder etwas neues zu sagen. so gern wir einander auch haben.

wir verbringen so schöne tage im grün, wenn wir einmal die stadt verlassen, wo alles seinen nutzen hat; in einer haut in der alles einen nutzen hat; begleitet vom schnapsatem, in dem sich die stadtstraßen spiegeln, entfernen wir uns in gedanken.
wieso sollte man nicht die blumensträuße der berufsschulversprechen zu einem kranz aus geld flechten, an stengeln, die hände und blütenfinger tragen, die lustlose windwehen über uniwiesen diktieren, nachdem man sie abtrennt und zum trocknen auf eine drahtleine gehängt hat, die vom erlösungsversprechen aus technik und wohlstand bis zu den bänken reicht, die in den boden gemauert sind und immer in eine richtung schauen, die eine geistige war und jetzt eine physische ist, und in der alles einen nutzen hat.
auch davon werden die rostig gewordenen steine am ufer der stadtbäche gezeichnet, die wir passieren, mit den alten inschriften schneeweißer griffel: heim gehe ich erst, wenn ich alles erledigt und alles geschafft habe. weil ich es vorher nicht kann. ich bin noch niemals irgendwohin zurückgekehrt. weil ich es nicht kann.
wir fahren ins grün, wenn wir einmal die städte gegen die aufgerissenen straßen verlassen, mit denen wir uns manchmal umgeben, wenn klar wird, dass etwas ohne uns gegangen ist.
und wie leid es uns dann tut, dass die städte und viertel tatsächlich bleiben, während alles andere in die jahreszeiten fällt, ohne weggeworfen zu werden: erst, wenn es zu verwesen beginnt, mit jeder neuen saison und jedem jahr.
vielleicht ist der trost am herbst, dass wir das laub überleben, heißt es dann, und dass die bäume noch da sind und zur laterne am parkeingang sagen gaudeamus et

ridemus in commemoratione omnium defunctorum und uns fragen, wie wir uns die orte #beyond eigentlich vorstellen, zu denen wir uns insgeheim flüchten, und wovor, wenn wir sagen *ins grün.* was gibt es dort? was ist dort nicht vorhanden? wovor laufen wir damit eigentlich davon? was haben wir zurückgelassen? und so weiter...

| | | | | | | |
|---|---|---|---|---|---|---|
| | | | | rot | | |
| rot | rot | | | rot | | |
| | | | | rot | | rot |
| | rot | rot | | rot | rot | rot |
| rot | | | | | rot | rot |
| | | | | rot | | |
| rot | | | | | | |
| rot | | rot | rot | | rot | |
| | | rot | rot | rot | | |
| | | rot | rot | rot | rot | |

wir beschreiben einen raum mit nichts als dem kardiovaskulären system unserer augen das rote netzwerke vom schwarzen zentrum aus führt, fäden und fäden rot auf rot schnittstellen geknüpfte aderngeflechte aufsteigen oder abfallen rot, wir können es beim betreten dieses raumes nicht sagen, der von beginn an verboten für uns war, weil dort etwas auf uns wartet.
das herz schlägt so lange es kann hört es nicht auf pocht es rot sind die wände weiß rot ist die weit über uns liegende decke des raumes weiß und eine stimme die eine andere stimme ist in einem anderen atem glasworte perlen zerschlieren einen weißen lackboden entlang flutet der schwarze see salzwasser uns rot letzte wiesen entlang wächst es die beine hoch wie wände, wie das schauergefühl hier besser nicht vorhanden zu sein aber wir können den ausgang nicht finden, rot auf rot sehen wir uns um gehen schritte sich etwas nähern im dunkeln, und wir beschreiben den raum hinter dem glas mit nichts als dem pochen und rauschen das rot durch die fäden tritt rot haben wir hier nichts zu suchen in der dunkelheit die sich anschwemmt und das blitzen darin einen anderen geschmack bekommt von gewalt. freund fremder feind freundin fremde feindin in den nachtstraßen nicht mehr allein pochen schritte und blicke fragen sich zäh und dickflüssig in den rost feilt: wer bist du, wer bist du, wer bist du? zerstückelter zersägter zerhackter torso wie laub in die straßen verteilt einer stadt ;jenseits; deren schleichwege und abkürzungen wir nicht kennen. weitergehen weiterlaufen weitermachen in eine andere richtung immer eine andere richtung ohne die orientierung zu verlieren. man darf es sich nicht zu leicht machen, einzige frage bleibt nur, wie lange.

die häuser und straßen zusammenfließen in der hyperlinklogik unserer unwillkürlichen assoziationen; reden und reden und schmecken limonaden nach dem süßen bedürfnis allerseits affirmation zu übertreiben. ein langer tisch an dem wir sitzen, teller und tassen und kannen und schneidebretter aus holz, und einer mit uns im lichtschatten liegen ein scharfes messer, die hände, die nahrung und das warten darauf wie wir über theorien von damals aus den 80er jahren des letzten jahrtausends, nach verwandschaften herbeisehnen zu menschen tieren objekten, und die hände halten das messer. und das messer schneidet eine straße ins fleisch werden kreisläufe hinter die mauern gelegt und sehnen sich von damals aus nach einer verwandtschaft von besseren freunden als blut, während die hände das messer halten und das fleisch, in gassen ohne laternen, durch die ein wind weht, den wir bohème nennen; und das messer schneidet und die hände sind haarig, begegnungen, die wir streicheln wie wärmflaschen für 4,99, made in ČSFR steht auf dem messer, das schneidet und scheibe für scheibe voneinander abtrennt, fleisch von fleisch abtrennt, wie es die namen der straßen tun, felder von feldern, im gegensatz zur hyperlinklogik unserer unwillkürlichen assoziationen und blutbahnen zerfließen, die ins gebäck sickern wie tee #liquidation, immer weiter, immer weiter, es geht immer weiter von den dörfern zu städten in städten und ihren untergründen in die das salzwasserleuchten der vormittage fällt und wir die richtung wechseln, so lange bis wir die orientierung verlieren und in einer der gassen, hinter einer der türen, einen derjenigen räume finden, die auf uns warten; und uns mit händen berührt.

die verdichtung unserer griechischen vorbilder im spiegel, die uns das gefühl vermitteln immer zu bleiben was sie schon sind, wir in einem kahlen raum sind schon sie rot rot wie das geflecht in den augen eines gegenübers, das uns am ähnlichsten ist. hat man ihnen die bäuche? hat man ihnen die gebärmutter? hat man sie in die straßen verteilt, wie laub in unserem viertel?
noch nicht, sagt Ich, in einem raum, weiß rot rot weiß, vor einem spiegel in dem wir jemanden erkennen der uns am ähnlichsten ist. und an die tür klopft, den kopf durchsteckt, durch die spalte im holz, das messer hält, sagt, lebst du noch?
wir sind so lange durch diese straßen geirrt, wie durch gänge aus holz, sind gestolpert, haben beim laufen unsere schuhe verloren, heute birkenstocks morgen adiletten übermorgen crocks und weiße sneaker; auch die städte waren einmal dörfer, man muss nur lange genug warten, bis das holz sich die wände hochflutet wie worte, die kleider hochzupfen, wie wir, gekniffen und gezogen sich aufbäumen schatten größer, mit größrer entfernung, indem sich etwas nähert, das uns am ähnlichsten ist. die infinitypools unseres schaurigen gefühls davon, es sei besser hier nicht vorhanden zu sein, bis zur entfernung, die unendlich ist und der schatten unendlich wird, der mit der ahnung auf uns fällt, einmal zu dem zu werden, das droht uns zu vernichten. wir zerschwimmen mit dem wasser die grenzen anstatt uns zu setzen und sie zu hören, die ihre stimmen nie senken. wir sehen in den spiegel im bad, rot weiß rosarot tropft es und wir strecken die hand aus und wir berühren einander mit scherben am hals.

ich habe, sagt Ich, meinen weg durch das viertel vorbei am kiosk, vorbei an den baustellen, vorbei an den dönerläden ramenbars tischtennisplatten, den fußball- und basketballplätzen, u-bahn-schächten und bushaltestellen, vorbei an den optikern, den alten und neuen gebäuden der uni, dem kopfsteinpflaster der straßen, den tischen im park mit den schachbrettmustern darauf, vorbei an der kirche, am friedhof, vorbei an den häuserreihen, vorbei am park gemacht, die wir nicht beschreiben; ich habe meinen weg durch die viertel der stadt minos eleonorenhain klaffer gemacht, richtung zentrum, bis zur kreuzung an der vielbefahrenen straße, sagt Ich.
alle häuser aus sprache liegen hier auf ihren bäuchen, um nicht erkannt zu werden. und Ich, das seinen weg gemacht hat, erkennt nur fassaden, nur fassaden, wenn von hinterhöfen die rede ist, die häuserreihen entlang und fragt sich niemals wieso; weil es keinen begriff davon hatte, einen schritt über die schwelle unserer häuser aus sprache zu machen, in die hyperlinklabyrinthe einer wunden grammatik, um uns zu nahe zu treten;
so habe ich eine tür in der kreuzung gefunden und hindurch bin ich weggegangen, immer weiter weggegangen, hinein in die flure der felder aus samt und ich fand dort einen raum aus holz, und im raum aus holz einen beschriebenen tisch aus glas, den ich mit meinen leeren fingern berührte, wie einen flüssigen spiegel, um mich zu entziehen

von hier aus haben wir den blick auf die lichter verloren, sagt Ich: im zentrum von allem was vorher nichts war als oberfläche, stehen wir, in einem raum rot weiß rot weiß rot, dem gegenüber, das uns am ähnlichsten ist und entdecken etwas, das so neu und ungewohnt ist, dass es droht uns zu fragen wusstest du nicht, dass du bist, was ich einmal war, wenn die perspektive wechselt und du an der stelle stehst, an der ich vorher stand, oder saß an einem langen tisch, unter dem lichtschatten, im bewusstsein davon, ich würde das richtige tun und das falsche bekämpfen. wir berühren einander mit fingern aus gebrochenem glas, wenn wir den raum nicht verlassen und wir können ihn nicht verlassen, unsere wohnungen nicht, nicht einander, weil wir uns am ähnlichsten sind, wo wir einander verachten.

weiß blühen die rosen am haus an der grenze, weiß rosarot rot öffnen die scherben eine kehle, aus der die sprache dringt, bachschäumt, sich verdichtet und wie ein messer die tür öffnet, zu den kapilarstraßen der stadt. weiß blühen die rosen am haus an der grenze, rot tropft von ihren köpfen die farbe herab. #dream ruß steigt rauch auf wie panik ins flackern; steigt in den blauen atem, wie trost, zwischen den wipfeln, den wir von hier aus erkennen und der eine richtung angibt ;wie kompassnadeln; ohne orientierung zu bieten, weil wir nicht wissen, ob diese wege a) ein labyrinth darstellen, das immer weiter ins zentrum führt, egal in welche richtung wir gehen, oder b) einen irrgarten mit sackgassen, dead ends 404 und wiederkehrenden straßenkreuzungen, die wir nur durch die dinge und orte ;aus sprache; erkennen, die sich darin wiederholen. im zeitungsstand redet alles davon, dass wir zurückkehren. im zeitungsstand redet alles davon, dass; neonfällen uns tropfen vom wind den wir bohème nennen in einen schwarzen see aus sirenen.
ein apfel fällt, fällt nach dem regen zu boden, bricht auf und ausfließt rot auf rot die rinnsteine entlang. alle bücher sind durchsickert davon. alle worte. man hat sie anschließend auf die straße und in die sonne gelegt, zum trocknen, man hat sie auf die dächer gelegt, auf denen wir jetzt liegen, dazwischen, nach oben schauen, und hören blatt für blatt flackern, während sich etwas von uns entfernt, auf uns herabschaut, in die kapilargassen und straßen unserer herkunft, und der wind, den wir bohéme nennen, weht in die blätter zum trocknen, staubt kalk auf die gräben wie weißes fell und fällt fragen vom leuchtschild.
vielleicht schließen wir unsere augen und sehen nicht länger hin.

ich bin schon lange hier, sagt Ich, legt seinen helm ab, seine rüstung, seine axt nieder, metall auf metall, mein vater war nicht vorhanden und meine mutter hat mich in diese gänge getrieben, ich kenne alle abbiegungen hier und alle wege und ich weiß die tür meines irrgangs ist offen. aber ich gehe nicht, sagt Ich, denn ich kenne hier alle wege; ich weiß wie ihr gekommen seid und weiß wohin ihr geht #hyperlinkage #equals #surrealism
vielleicht habt ihr große strecken zurückgelegt, im wind den ihr bohème nennt, vielleicht um mich zu erschlagen; ihr kennt alle meine antworten, und ich glaube an nichts mehr als die kreisläufe im haus der sprache, so gern wir einander auch haben. aber wir wussten und wir wissen bis heute, dass es das ist, was im zentrum all unserer bemühungen steht und wir keinen stärkeren drang haben, als gerade dieses wort ;Ich; zu erschlagen, wenn es uns damit droht, ja womit eigentlich? uns zu identifizieren? wonach wir so süchtig sind? bis zur lähmung?
und erst wenn wir es getan haben, weiß rosarot rot, strecken wir unsere hand aus, in ein gedächtnisschema aus halbleitern die uns spiegeln, während wir langsam die engen geschlossenen häuserreihen entlang, noch einmal alle dinge betrachten, für die wir bessere namen zuerst nicht gelernt und ihren sinn dann vergessen haben, während es rot die wände hochflutet #drowning ich bin freiwillig hier. nichts steht auf dem grabstein des tyrannen. nichts steht auf dem grabstein als die nachricht des tyrannen, die er über sich selbst bestimmt hat.
nichts steht auf dem grabstein des tyrannen, der Ich sagt und damit die haut der dinge bestimmt.
die straße ist still, kein wind weht, die letzten paar stunden haben sich keinen namen gemacht. das messer durchtrennt

alle fasern des fadens, wir erfinden uns einen rückweg, wir erfinden uns von hier aus: einen rückweg und ein neues zuhause.

arber werden wir jetzt ;hyperlinklabyrinthe; wenn mit dem tod des tyrannen auch die wände unserer häuser aus sprache zerfließen zu klang. wir werden ;loop; mit dem hyperlink alles an uns, wird überhapt alles schmelzen und zerfließen, hat es rot ins dämmern unseres auswegs gesickert #hyperlinkage #equals #reality #equals #cyberreality und irgendwo tauchen geister auf formen ab jetzt keine zeit vergeht während der bewegung der figuren auf dem schachbrett.
eine situation stellt sich her, stellt sich dar, uns, ohne den übergang einer bewegung ohne anfälligkeit für fehler und gefühle für schuld sitzen die vögel auf den dächern, das zucken unserer aufmerksamkeit mit ihren köpfen beim gehen springt von einem ins andere und wir werden fahrig und anxious und unkonzentriert und fällen aus neonfragen von schildern wir sehen das messer blumen abschneiden zum trocknen die grenzen zerfließen und wir sehen die städte bleiben und gehen. dinge lösen auf worte zu sein haben die laute keine beziehung mehr zu den beobachtungen haben sich nicht mehr fest halten lassen, nie mehr, sondern fließen just a bit in häuserfassaden mit lichtern die an sind oder aus, an, aus, an, an, an, aus, aus, an ziehen wir uns dem messer ent, das fleisch schneidet und füttert, indem wir rot dem weißen fell der felder fallen in die hyperlinkkapilaren der straßen und wege wie glastropfen von unseren händen fallen und fallen und wie die plakate von den wänden rufen: no borders no future! damit sie nicht unsere grenzen über nicht unterscheiden wir haben uns auf etwas anderes bezogen, wie vorstellungen sich auf worte, die alleen entlang, die dann eben mehr sind als klang, soft and sound, dem wir zumindest noch folgen können, um nicht ganz die orientierung zu verlieren, wenn

wir auswege beschreiten, und nicht auf eine mauer treffen
;glas auf stein auf metall; und blut fließt und wir am ende
auch die städte verlassen.

dass wir letztendlich doch zu menschen fliehen wie zu städten, zu straßen, hören wir die straßen uns sagen; mit worten, die nichts wissen von ihren trägern nelkenstraße, lillienstraße, im moore geflochten gelten die dinge mit den worten verwachsen, was wir als giftmischer verhältnis zueinander betrachten, weil wir sehen wie ortlos dadurch unsere schritte in den gesang der vögel hineinschmelzen. #cyberreality was, fragen wir, soll man zu denen sagen, die nur auf der durchreise sind? und denken leicht, alle wüssten, was wir wissen: dass wir mit dem eintreten in das haus der sprache die inneren straßen unseres viertels verlassen, die alle zusammenhängen, aneinander grenzen, ineinander übergehen.

die arbeit der männer und frauen vom katasteramt, die einen raum vermessen und benennen, entborgtes, das noch nichts von seinem glück wissen kann, sagbar zu sein ;wie die straßen; tragen wir narben von unserer sucht danach sagbar zu sein, in digitale flüssige spiegel, in denen wir uns ähnlich sind oder werden; aber was, wenn wir uns wirklich begegnen, städte, wir städte.

mit ein bisschen glück durch kleine und kleinst-gassen, ohne ihre namen zu kennen, weil uns ;eine zeit lang; die konvention z.b. weißer sneaker in die innenstädte getrieben haben wird. durch breit angelegte ästhetische fragen und putzmaschinen und in die geschäfte - vorzugsweise von weltumspannenden unternehmen, vorzugsweise der szene, vorzugsweise in schaufenstern, die zeigen, was man für uns ausgelegt hat; und die nie wirklich dazu gedacht waren, irgendwohin zu führen als ins herz vager demo-versionen unserer selbst; authentifizierungsstrategien des identitären; vorzugsweise von den distiktionsmerkmalen reden wollen, ist auch nichts als ein distiktionsmerkmal, wirft man uns auf dem rückweg entgegen, wie würfel aus rotem, durchsichtigem plastik, die auf graue pflastersteine und teerstraßen fallen, gegenüber der ampeln wo männergruppen im kreis sitzen, zusammen vielleicht, vielleicht gegeneinander. orte, für die man noch keine klarnamen in das register unbewusster konflikte geschrieben hat, die unser viertel umstellen.

auf den alleen sind zu allen zeiten soldaten gegangen. wir wissen, dass man sie dafür erfunden hat. und wer hat gesagt, dass man nicht über das grausame weinen soll: vor ihm besaßen wir nur die oberfläche der erde und der meere, nach ihm werden die abgründe unser sein, der aufgewirbelte staub spricht heute noch davon, dass er bereits hinter uns liegt, wenn der sonnenuntergang auf die staubwolke trifft, die aufsteigt über die bäume der allee, wie rauch aus den gullideckeln in den blauen atem, ohne zweifel; sie hätten in ihren augen immer das richtige getan, gräben gegraben, kalk hineingeschart und die rosen im anschluss rot bemalt, wie mit makeup, weil sie der königin der herzen nicht passten. die vögel über der allee kreisen. auf den wiesen wird musiziert, speedmintonschläger zischen, ein herzluftballon fliegt auf, neongleißen, weiß auf weiß. zuerst gehen noch menschen die wege entlang, aber schon kurz darauf sind sie alle zerschmolzen wie glas und verkleben den goldenen sand schwarz. kein staub wirbelt auf. fleischrauch steigt ;ruß; vom grill auf und nach oben, in das flirren und flackern der besseren wörter, die sich eine gewisse militärische notwendigkeit zurückerobert haben, im salzgeruch von angst. man könnte diese verbindung für etwas unsensibel halten, oder für sehr sensibel, je nachdem von welcher seite der allee her die staubwolken einen anlachen, wenn sie sagen, dass sie immer glauben, sie würden das richtige tun und das falsche bekämpfen. und nur dafür hätte man die viertel gebaut, der kasernen aus sprache, durch die wir jetzt schon so lange flexen, dass wir es besser wissen müssten, als das richtige tun und das falsche bekämpfen. aber daraus ist nichts zu lernen.

zehn jahre vergehen, zwölf jahre vergehen und unsere schritte trocknen und von unserem gesicht blättern immer mehr ansichten ab, und der wind, den wir bohème nennen, macht keinen unterschied zwischen abgefallenen blüten und laub.
irgendwann muss man vielleicht akzeptieren, dass uns keine anderen wege ins grün bleiben, als die angelegten alleen, und dass massen darauf marschiert sind und weiter marschieren; was schon zu schwerfällig scheint; und dass die sonne an ihren schritten trinkt, weil sie das bedürfnis danach hat, sich das alles ein wenig zu erleichtern, oder sich hinter lidern verbirgt.
sie fragen die alleen wie es sich geht, durch diese unkultivierten wiesen, die sie selber ja nicht betreten würden, weil es zu beschwerlich ist oder scheint, und fragen und fragen: wann kann man sich einmal etwas von der druckerschwärze der schwergängigen wiesen ins auginnere schlürfen...
man sagt uns immer, man sollte vorsichtig sein mit seinen wünschen, es seien luftballonsträuße in herzform, die sich dort in den ästen der platanen verfangen, manchmal im frühling schon, manchmal im sommer, manchmal im herbst. vielleicht ist man ein nicht so umgänglicher mensch, wie man gerne denkt, sagen die bäume der allee über ihre vorstellungen vom zeitungsstand, aber niemals zu sich selbst. und so lange wir ihre rückkehr erwarten, glauben wir, dass sie mit uns glücklicher wären; und obwohl wir ja ganz genau wissen, dass das nur in unserer vorstellung stimmt, wie die schöne haut, löwenmähnen und urlaubspanoramen, in den erweiterungen der apps, glauben wir am liebsten daran, dass wir auch mit ihnen glücklicher wären, und gehen. wir vergessen gerne

die staubigen kieswege der allee, über die vereinzelt die ballone aufsteigen, die kleinen idyllen aus vielfarbenem nylon, die sich losgerissen haben, kleiner werden und immer kleiner, bis wir sie nicht mehr sehen, so gern wir einander auch haben.

die letzten paar stunden haben sich keinen namen gemacht. vielleicht haben wir sie wieder einmal durchstöbert, wie die kisten vor den haustüren, mit büchern darin und lippenstift, naturwissenschaftlichen schriften vielleicht, zwischen deren seiten getrocknet die blumen gelegt sind, oder dem kimchi im einmachglas aus einer fremden wohnung und der ortlosigkeit eines erzählens heraus, die sich hier überall eingezeckt hat.
vielleicht haben wir einander aber auch gesehen, in den engen gassen vielleicht, mit den hunden an der leine. oder das große blättertreiben, wenn sich der herbst in die straßen regnet und wir uns endlich mit dem wind identifizieren. ja, und wie sehr widersprechen wir uns da? wer jetzt liegt, auf der wiese vielleicht, und schmilzt in der hitze; wer jetzt nach oben sieht, mit einer kalten limonade vielleicht in der hand, wer jetzt zusieht, wie die vögel eine richtung weisen, in der man ein wenig leichter die strecke von a) nach b) mit zu klang zerflossener stimme hinter sich lässt; wer jetzt nicht liegt, wird noch lange nicht liegen.
die planen an den baustellen atmen ein und blähen sich auf, aber die letzten paar stunden haben sich keinen namen gemacht und atmen ruhig wieder aus, über die trockenen straßen, weil man im verhältnis all unserer dinge zueinander die schöne und beruhigende und vielleicht letzte besonderheit finden kann, die uns die augen schließt, so lange wir ruhig weiter atmen, sich der brustkorb hebt und senkt, sich die lunge füllt und leert, gleichmäßig, wie eine schwimmbewegung in salzwasser.
die dinge die uns sonst so wichtig erscheinen setzen sich und bleiben sitzen, sie wegrücken immer weiter von uns, wenn sie in die eindrücke anderer augen anderer zungen und seen einfließen und blättern leicht von uns ab; und wer

jetzt keinen schlaf findet, wird auch lange keinen mehr finden; denn die letzten paar stunden haben sich keinen namen gemacht.

# Der Autor

Alexander Rudolfi, wurde 1987 in Freyung im Bayerischen Wald geboren, Kindheit und Jugend verbrachte er im Grenzgebiet Deutschland, Tschechien, Österreich. Nach naturwissenschaftlichem Abitur folgten das Studium Soziale Arbeit in München, verschiedene Erfahrungen im Psychiatriebereich, mehrere Umzüge und das Studium Literarisches Schreiben und Philosophie in Hildesheim und Sassari auf Sardinien.

Er verfasst experimentelle Prosa, Lyrik und Essays, die in Anthologien und Zeitschriften veröffentlicht und durch das Arbeitsstipendium des Landes Niedersachsen gefördert wurden. Er ist außerdem Preisträger der Hannoverschen Autor:innenkonferenz und lebt aktuell in Hannover und Altreichenau. *hyperlinklabyrinthe* ist seine erste eigenständige Publikation. 2022 war er Preisträger des 30. Open Mike.


## Dank

Ich danke ganz besonders Marf Mabo, Fiona Sironic und Adrian Kasnitz; ich danke meinen Eltern Ingrid und Heinz sowie meinen Geschwistern Markus und Daniela Rudolfi (mit Familie Müller); den Larriveys, Kim Wrigley, Henning Wilbers und allen Gefährten vom Weinstand; Gerd und Hanne und natürlich dir, Alba Marina Scharnhorst.

Großer Dank auch an Leander Fischer, Hannah Schraven und Kai Wenas, an Thomas Klupp, Hanns-Josef Ortheil, Guido Graf sowie Klaus Siblewski, an Annette Hagemann, Achim Engstler und Bert Strebe, an Assunta Verrone und Peter Nickl.

Ich danke dem Ministerium für Wissenschaft und Kultur Niedersachsen, dem Minerva Kolleg und den Künstlerhäusern Worpswede für die großzügige Förderung meiner Arbeit.

**Alexander Rudolfi:**
***hyperlinklabyrinthe***

2. Auflage Köln Leipzig Thessaloniki Januar 2023

*paradosis Bd. 19*

***parasitenpresse***

bei Knithaki / Richard-Wagner-Str. 18 / D-50674 Köln
parasitenpresse@hotmail.com
www.parasitenpresse.de



Umschlag-Foto: Marf Mabo